寓情喻理

——古代寓言故事

徐璐楠　编著

全国百佳图书出版单位
时代出版传媒股份有限公司
黄山书社

图书在版编目(CIP)数据

寓情喻理——古代寓言故事 / 徐璐楠编著. — 合肥：黄山书社，2015.7
（古典新读 · 第2辑，中国古代的诗书意趣）
ISBN 978-7-5461-5191-5

Ⅰ. ①寓… Ⅱ. ①徐… Ⅲ. ①寓言-作品集-中国-古代 Ⅳ. ①I276.4

中国版本图书馆CIP数据核字（2015）第180792号

寓情喻理——古代寓言故事
YUQING YULI GUDAI YUYAN GUSHI

徐璐楠 编著

出 品 人 任耕耘
总 策 划 任耕耘 蒋一谈
执行策划 马 磊 钟 鸣
项目总监 马 磊 高 杨
内容总监 毛白鸽
编辑统筹 张月阳 王 新
责任编辑 江 汇
图文编辑 梁晓南 王 屏
装帧设计 王萌萌 李 晶
图片统筹 DuTo Time
出版发行 时代出版传媒股份有限公司（http://www.press-mart.com）
黄山书社（http://www.hspress.cn）
地址邮编 安徽省合肥市蜀山区翡翠路1118号出版传媒广场7层 230071
印 刷 安徽联众印刷有限公司
版 次 2015 年 10 月第 1 版
印 次 2015 年 10 月第 1 次印刷
开 本 710mm × 875mm 1/32
字 数 135千
印 张 6.5
书 号 ISBN 978-7-5461-5191-5
定 价 26.00 元

服务热线 0551-63533706
销售热线 0551-63533761
官方直营书店（http://hsssbook.taobao.com）

前言

寓言故事是用比喻性的故事来寄托意味深长的道理，后来逐渐成为一种文学作品的体裁。寓言故事起源于民间，隐含着寓意或教训，是从神话传说和动物故事演化而来的。寓言故事直接反映和表达了劳动人民的愿望、感情和理想。寓言故事的创作，运用了类比的思维，以譬喻的技巧和生动的描摹，将哲理或劝谏寄托在寓言之中。这些寓言故事或借古喻今、或借物喻人，有些还深刻揭露了当时的种种社会弊端与不公正现象。

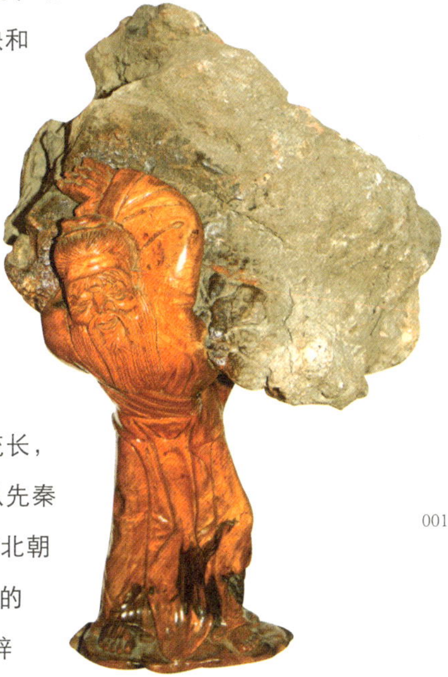

寓言故事被千古传诵，可谓源远流长，是我国文苑里一朵永不凋谢的奇葩。从先秦的哲理寓言、两汉的劝诫寓言、魏晋南北朝的嘲讽寓言、唐宋的讽刺寓言，到明清的诙谐寓言，寓言故事经过了一个由文辞

简约趋于富赡、由哲理浅显趋于深刻、由缺乏故事情节趋于故事完整的演变过程。

本书精选了先秦、两汉、魏晋南北朝、唐宋、明清等五个历史时期的经典寓言故事，原文大都古朴简奥，用意深远。本书以讲故事的方式，但不囿于寓言故事本身，结合时下的社会环境、价值观等，对这些寓言故事进行解读，旨在帮助读者汲取传统文化精髓，领略古人的智慧，同时以资镜鉴。

目录

先秦寓言

汉代寓言

魏晋南北朝寓言

唐宋寓言

明清寓言

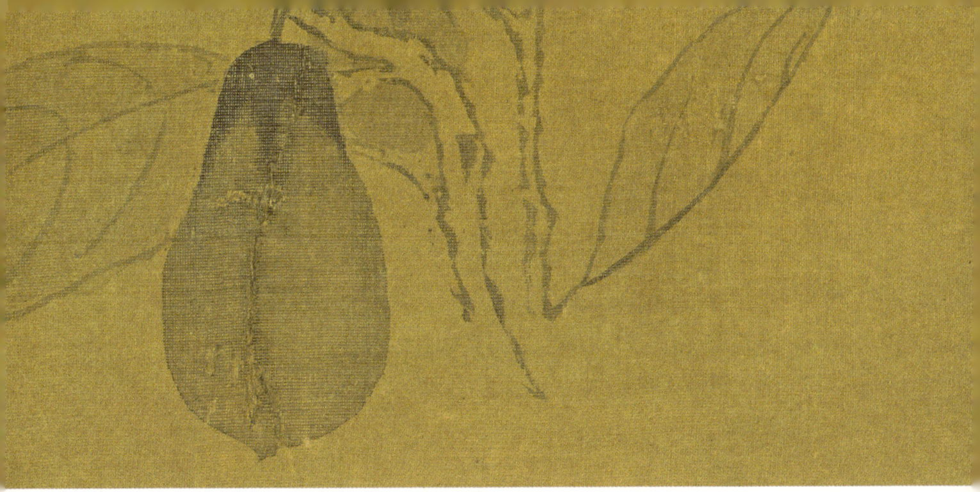

先秦寓言

先秦寓言数量繁多，是古代寓言创作的第一个高峰。但这些寓言未能形成独立的寓言文学形态，而是以故事情节的形式出现在历史散文中，运用比喻、对比等形式，阐述各自学派的哲理或者为各自的政治主张服务。在《列子》《庄子》《孟子》《韩非子》《晏子》等诸子散文作品，以及《吕氏春秋》《战国策》等史传文学作品中，都收录有丰富的哲理性寓言故事。

杞人忧天

杞国①有人忧天地崩坠，身亡所寄，废寝食者。又有忧彼之所忧者，因往晓②之，曰："天，积气耳，亡处亡气，若屈伸呼吸，终日在天中行止，奈何忧崩坠乎？"其人曰："天果积气，日月星宿，不当坠邪？"晓之者曰："日月星宿，亦积气中之有光耀者，只使坠，亦不能有所中伤。"其人曰："奈地坏何？"晓者曰："地积块耳。充塞四虚，亡处亡块，若躇③步跐蹈④，终日在地上行止，奈何忧其坏？"其人舍然⑤大喜。晓之者亦舍然大喜。

【注释】

①杞国：东周时的诸侯国名，在今河南省杞县一带。
②晓：开导。

③躇：此处为“践踏”义。
④跐（cǐ）蹈：跐，踩、踏。蹈，践踏。
⑤舍然：释然。

【解读】

冲虚真人（列子）像

这则寓言故事出自《列子·天瑞》。《列子》一书的作者历来存在争议，一般认为是战国时期（前475—前221）的列御寇（生卒年不详）。列御寇即列子，郑国莆田（今河南郑州）人，是战国时期思想家、道家代表人物之一。他终生淡泊名利，致力于道德学问，将老子的道家思想进一步深化，主张循名责实、清静无为。西汉经学家刘向认为：“其学本于黄帝老子，号曰道家。道家者，秉要执本，清虚无为，及其治身接物，务崇不竞，合于六经。”

《列子》是一部重要的道家典籍，唐天宝元年（742）唐玄宗李隆基封列子为冲虚真人，因此又名《冲虚经》，现存版本包括《天瑞》《黄帝》《周穆王》《仲尼》《汤问》《力命》《杨朱》《说符》八卷。书中记载了众多寓言故事，文字简短，但句句珠玉，妙趣横生，发人深省。

这则寓言讲的是，曾经有一个杞国人整天担心天会崩塌、大地会陷落，自己会因此无处藏身，因此吃不下饭，睡不好觉。不过，还有一个人担心杞人，因此就去开导说：“天不过是积聚的气体而已，这种气体无处不在，你的一屈一伸、一呼一吸，终日都在天这种气体里活动，怎么会担心天会塌下来呢？”

杞人说：“就算天真的是积聚的气体，那日月星辰就不会掉下来吗？”

开导他的人说：“日月星辰也就是空气中发光的东西，即使掉下来，也不会伤到谁的。”

杞人又问：“那如果大地崩塌了怎么办？”

开导他的人说：“大地就是堆积的土块，填满了四方，没有什么地方是没有土的。你行走、跳跃，整天都在地上活动，怎么还担心会塌陷呢？”

杞国人听了他的这番劝导变得释然了，而开导杞国人的那个人也跟着高兴起来。

成语“杞人忧天”就是由这则寓言故事引申而来，比喻不必要或缺乏根据的忧虑和担心，警示人们不要因为一些不切实际的事情而过分忧愁。这符合道家所提倡的“顺乎自然，无为而治”的哲学主张。

“天下本无事，庸人自扰之。”忧天的杞国人是一个胸无大志、患得患失的人，担忧天崩地陷其实是在自寻烦恼，反倒影响了原本的正常生活。凡事都应该有一个度，不要一味地沉溺在忧虑当中。生活中有很多不可预见的困难，每天都不停地担心、忧愁，是没有任何好处的。只有保持乐观的心态，勤学好问，掌握更多的知识，去探索和追寻事物的本质，才有助于解决疑虑。即使有一天担忧的事真的发生了，也能够提前做好准备，应对自如。

愚公移山

太行①、王屋②二山，方七百里，高万仞③。本在冀州④之南，河阳⑤之北。北山愚公者，年且⑥九十，面山而居。惩⑦山北之塞，出入之迂也。聚室而谋曰："吾与汝毕力平险，指通豫南，达于汉阴，可乎？"杂然相许。其妻献疑曰："以君之力，曾不能损魁父⑧之丘，如太行、王屋何？且焉⑨置土石？"杂曰："投诸渤海之尾，隐土之北。"遂率子孙荷担者三夫，叩石垦壤，箕畚⑩运于渤海之尾。邻人京城氏之孀妻有遗男，始龀⑪，跳往助之。寒暑易节，始一反焉。河曲智叟笑而止之曰："甚矣，汝之不惠。以残年余力，曾不能毁山之一毛，其如土石何？"北山愚公长息曰："汝心之固，固不可彻⑫，曾不若孀妻弱子。虽我之死，有子存焉；子又生孙，孙又生子；子又有子，子又有孙；子子孙孙无穷匮也，而山不加增，何苦而不平？”河曲智叟亡⑬以应。操蛇之神闻之，惧其不已也，告之于帝⑭。帝感其诚，命夸娥氏⑮二子负二山，一厝朔东，一厝雍南。自此，冀之南，汉之阴，无陇断焉。

【注释】

①太行：太行山，位于山西省和华北平原之间，跨北京、河北、山西、河南四个省、市，绵延400余公里，是我国东部地区的重要山脉。
②王屋：王屋山，在山西阳城、垣曲与河南济源之间。
③仞：古代计量单位。一仞为七尺或八尺，约合160~180厘米。
④冀州：古地名，位置包括今天的山西省，以及河南省黄河以北和辽宁省辽河以西的地区。
⑤河阳：黄河北岸。山的南面和江河的北面叫作阳。
⑥且：将要、将近。
⑦惩：苦于。
⑧魁父：小山名，在现在河南省陈留县。
⑨焉：文言疑问词，意为怎么、哪儿。
⑩箕畚：簸箕，一种用竹篾、柳条等编制的工具，可用于筛粮食、承挑重物。
⑪龀（chèn）：乳牙刚刚脱落、长出恒齿。
⑫彻：毁坏。
⑬亡：通假字，通“无”，意为没有。
⑭帝：神话传说中的天帝。
⑮夸娥氏：神话传说中的大力神。

【解读】

这则寓言故事出自《列子·汤问》。

太行山和王屋山方圆各七百多里，高逾万米，位于冀州的南边、黄河的北岸。年近九十的愚公和家人居住在山的北面，进出都要绕很远的路，长久以来一直苦于交通不便。因此，愚公把全家都召集起来，一同商量对策。愚公说：“我们一起尽全力铲除门前这两座大山，让道路通向豫州南部，直达汉水南岸，好不好？”家人们纷纷表示同意。而他的妻子提出异议说：“凭你的力量，连魁父这样的小山都不能削平，又能把太行、王屋这两座大山怎么样呢？况且，挖山的土石要放到哪里呢？”众人纷纷说：“我们可以将土石运到渤海边、隐土的北面。”于是，愚公率领子孙中能挑担子的几个人，凿石挖土，再用簸箕装运到渤海的边上。邻居京城氏的寡妇有个儿子，刚刚到换牙的年纪，就蹦蹦跳跳地去帮他们挖山运土。每年冬夏交替的时候，众人才能往返一次。

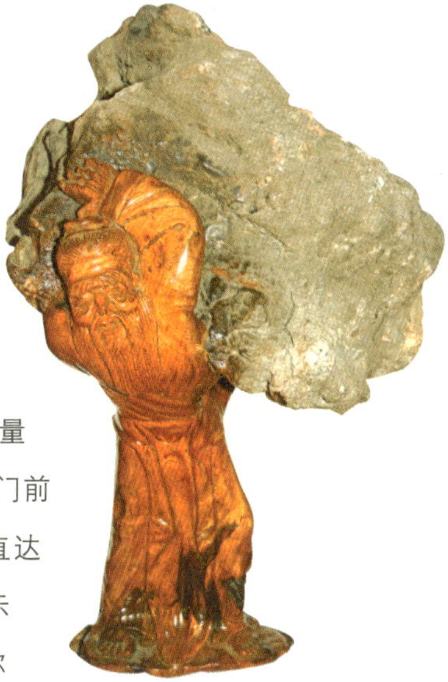

愚公移山木雕

河湾上一位聪明的老头，笑着劝阻愚公道：“你们这个做法太不明智了！就凭你这把年纪和残余的力气，连山上的一棵草都不能损坏，怎么能搬走这两座大山呢？”愚公长叹一声说：“你的思想太顽固，简直不可改变，连孤儿寡妇都比不上。即使我死了，我还有儿子在；儿子又生孙子，孙子又生儿子；孙子的儿子又有儿子，他的儿子又有孙子……子子孙孙没有穷尽。然而山却不会加大增高，还愁山挖不平吗？”听了这话，聪明的老头没有

愚公移山雕塑（图片提供：微图）

这座愚公移山雕塑位于河南省济源市王屋山，即愚公的故里，雕像上刻有毛泽东手书的“愚公移山”四个大字。

话来回答。

拿着蛇的山神听说了这件事，怕愚公他们不停地挖下去，便将这件事告诉了天帝。天帝被愚公的诚心所感动，命令大力神夸娥氏的两个儿子背起两座山，一座放在朔东，一座放在雍南。从此，这里便没有山冈高地阻隔了。

这则寓言故事结构虽短小，情节设置却跌宕起伏，体现了朴素的唯物主义和辩证法思想，蕴含的哲理发人深省。愚公是一位年事已高的老翁，想要铲除阻碍交通的两座大山，这对他来说几乎是不可能完成的任务。愚公的妻子所提出的疑虑，从侧面说明了铲除两座大山的艰巨性。针对妻子的疑虑，愚公和家人一同商议后确定了合理的解决方案。这说明选择切合实际、行之有效的办法，是做好事情的基础。接着他便和家人一起凿山挖土，将铲除大山的强烈愿望化为实际行动，并且年复一年，始终坚持着。这表明愚公充满了迎难而上的奋斗精神、坚强的斗志，以及十足的信心和恒久的耐心。在日常工作中，人们也应该秉承“愚公移山”的精神，不惧艰难困苦，并且只有选择恰当的方式去解决问题，才会有所作为。

智叟只看到眼前的困难，就简单地下结论，断定愚公不能够铲除两座大山，嘲笑愚公的行为。针对智叟的话，愚公表达了自己毫不气馁的决心和毅力。二者针锋相对的对话将故事发展推向高潮，再一次凸显了愚公无畏的精神。从两人的对比可见，“愚公不愚，智叟不智”。当我们遇到看起来无法解决的困难时，也要像愚公一样不畏艰难，做好长远的打算，并且善于利用他人的帮助，共同努力解决困难。

成语“愚公移山”就是由这则寓言故事引申而来，比喻做事要有毅力、恒心，坚持不懈，迎难而上，不畏惧、不退缩。如今，愚公移山的精神，仍然鼓励着人们奋勇向前，敢于向困难挑战。

献 鸠

邯郸①之民，以正月之旦②献鸠③于简子，简子大悦，厚赏之。客问其故。简子曰："正旦放生，示有恩也。"客曰："民知君之欲放之，故竞而捕，死者众矣。君如欲生之，不若禁民勿捕。捕而放之，恩过不相补矣。"简子曰："然"。

【注释】

①邯郸：古地名。战国时代赵国的都城，今河北省邯郸市。
②旦：农历的初一日。
③鸠：鸠鸽科部分种类的通称，我国有绿鸠、南鸠、鹃鸠和斑鸠。

【解读】

这则寓言故事出自《列子·说符》。

春秋战国时期，赵国国君简子为显示自己的恩典，在每年的正月初一举行放生活动。于是，邯郸城内的百姓把正月初一所捕

《竹鸠图》李安忠（宋）

捉的斑鸠拿去献给赵简子。赵简子的一位门客则认为百姓会因此故意捕获生灵，因大肆捕获而死去的生灵反而会更多。就是君王的恩典也不能补偿这种行为所犯下的过错。

赵简子放生的本意是好的，但是只注重放生的形式，而没有看到放生背后的本质。这则寓言故事警示人们不要只讲形式，不讲效果。从另一个侧面，这则寓言故事也说明看问题不要只看表面，要全面地看待事情的发展和结果，不能够因为一时的利益，而造成深远的损害。

放生，即将捕捉的动物放归自然环境，在佛教中是一项积德行善的功德事。放生早在先秦时期就已经出现，唐代时开始盛行，至今犹存。然而，如今很多人在寺院旁做起了放生的买卖，先是捕捉鸟、龟、鱼等动物，再将其卖给想要放生的人们，这和寓言中的百姓与赵简子没有什么不同。正所谓“放生即杀生”，如果人们不去购买这些被捕捉贩卖的动物，就不会有人特意去大肆捕捉，从而可以更好地保护动物和自然环境。

涸辙之鲋

庄周家贫，故往贷粟于监河侯。监河侯曰：“诺！我将得邑金，将贷子三百金，可乎？”庄周忿然作色①曰：“周昨来，有中道而呼者。周顾视车辙中，有鲋鱼②焉。周问之曰：‘鲋鱼来，子何为者耶？’对曰：‘我东海之波臣③也。君岂有斗升之水而活我哉？’周曰：‘诺！我且南游吴、越之王，激西江之水而迎子，可乎？’鲋鱼忿然作色曰：‘吾失吾常与，我无所处。吾得斗升之水然活耳。君乃言此，曾不如早索我于枯鱼之肆④！’”

【注释】

①忿然作色：因愤怒而变了脸色。

②鲋鱼：鲫鱼。

③波臣：指水族。古时候，人们认为江海中的水族也有君臣之分，波臣即水中的臣子。后也用来指溺水者。
④肆：店铺。

【解读】

庄子像

这则寓言故事出自《庄子·杂篇·外物》。《庄子》一书的作者庄子（约前369—前286），名周，字子休（一说为子沐），宋国蒙（今安徽省蒙城县）人，战国时期思想家、哲学家、文学家，道家学派的主要代表人物。庄子的哲学思想、学说体系与老子一脉相承，两者被后人合称为“老庄”。庄子提出了许多唯心主义观点，例如在政治上主张“无为而治”；在精神上主张逍遥自在，“知其不可奈何而安之若命”。他一生追求自由，只担任过漆园吏这种小官吏。

《庄子》又称《南华经》，与《周易》《老子》合称道家经文“三玄”。书中记录了庄子及其弟子的学说、语录等。现存《庄子》一书包含《内篇》七篇、《外篇》十五篇、《杂篇》十一篇。鲁迅曾评价庄子的文章：“其文则汪洋辟阖，仪态万方，晚周诸子之作，莫能先也。”庄子的文章善于运用比喻，具有奇幻的想象和巧妙的构思，充满浪漫主义风格，被誉为“钳揵九流，括囊百氏”。

这则寓言故事讲的是，庄周家里十分贫困，无米做饭，只好向监河侯借粮。监河侯回答他说：“可以啊，我就快要收到封地上缴的税金了，到时候借给你三百金可以吗？”庄周生气地说：“我昨天在来的路上听到呼喊的声音，回头一看，发现路上一处干涸的车辙中有一条鲫鱼，快要干死了。我对它说：‘鲫鱼，你在这里做什么呢？’鲫鱼回答说：‘我是东海中的臣民。你能给一升半斗的水来救我的命吗？’我说：‘好啊，我这就去南方劝说吴、越两国的国君，让他们下令挖渠，为你引来西江的水，好吗？’鲫鱼愤怒地说：

鱼藻纹青花瓷盆（明）

‘我如今离开了赖以生存的水，困在此处，只要有一升半斗的水就可以活，你却要我等西江的水，还不如趁早到卖干鱼的店铺去找我呢！’”

庄周欲引西江之水救助涸辙之鲋的做法讽刺监河侯对庄周的慷慨许诺，说明不切实际的办法对求助者毫无用处这一道理。正所谓远水解不了近渴，如果庄周等监河侯收到税金后再借给他粮食，说不定早就饿死了；如果涸辙之鲋等着庄周引来西江水，早就因缺水而死了。由此可以看出，监河侯的承诺只不过是搪塞之词，实际上并不是真心想要帮助他人，而是一种彻底的伪善。

成语“涸辙之鲋”即由这则寓言故事引申而来，比喻处于极度窘困的境地、亟待救援的人。这个故事还提醒人们做事情要当机立断，帮助别人也是如此，不要编造借口、拖延时间，这样很有可能贻误时机，造成不可挽回的后果。

邯郸学步

且子独不闻夫寿陵①余子②之学行于邯郸③与？未得国能，又失其故行矣，直匍匐而归耳。

【注释】

①寿陵：古地名，战国时燕国邑名，在今河北省北部一带。
②余子：古时指嫡长子之外的儿子，这里指男子。
③邯郸：战国时赵国的国都。

【解读】

这则寓言故事出自《庄子·外篇·秋水》。

战国时期的燕国有个年轻人，听说赵国都城邯郸的人走路姿势十分优美，就千里迢迢跑去模仿。可是他无论怎么模仿，都觉得不够像。最后，这位燕国人的走路姿势既没能像邯郸人一样优美，反倒连原本的走路姿势都忘记了，只好爬着回去，可谓得不偿失。有学者指出，这个燕国人所学的“步”不是简单的走路步

河北邯郸学步桥（图片提供：微图）

法，而是在赵国都城邯郸流行的一种舞步——跕屣。跕屣舞被认为是一种类似于现代芭蕾舞中的脚尖点地的舞步，姿态十分优美。

成语“邯郸学步”就是由这则寓言故事引申而来，比喻一味地模仿他人，不仅没学会新本事，反而把自己原本就会的东西忘记了。因此，千万不可盲目地模仿他人，而是应该脚踏实地，结合自身实际学习他人的长处，取长补短。

根据这一寓言故事，唐代诗人李白曾写下“寿陵失本步，笑煞邯郸人”的诗句。而由此典故命名的“学步桥”，如今依然横跨在邯郸市北郊沁河两岸。其始建年代不详，明万历四十五年（1617）由木桥改建为拱形石桥。古人用“学步桥”命名此桥，旨在警示后人以史为鉴，千万不可以像燕国的那位年轻人，盲目地模仿，而忘记了自己原有的东西。

运斤成风

庄子送葬，过惠子之墓，顾谓从者曰："郢人垩①慢其鼻端，若蝇翼，使匠石斫②之。匠石运斤③成风，听而斫之，尽垩而鼻不伤，郢人立不失容。宋元君闻之，召匠石曰：'尝试为寡人④为之。'匠石曰：'臣则尝能斫之。虽然，臣之质死久矣。'自夫子之死也，吾无以为质矣！吾无与言之矣。"

【注释】

①垩（è）：白土，泛指可用来涂饰的土。这里用作动词，意为用白土涂饰。

②斫（zhuó）：大锄；引申为用刀、斧等砍。

③斤：斧斤。古时用来砍伐树木的工具。

④寡人：我国古代君主的自称。

【解读】

这则寓言故事出自《庄子·杂篇·徐无鬼》。

有一次，庄子去送葬时经过惠子的陵墓，有感而发说道：楚国郢都有一个人勇敢沉着，他的朋友是一个技艺高超的匠人，名为石。郢人在鼻尖涂上像苍蝇翅膀一样薄的白粉，匠人挥动斧子把这层白粉削去，郢人的鼻尖不但丝毫没有受到损伤，反而面不改色、若无其事地站在原地。宋国国君非常佩服匠人的绝技和郢人的胆量，很想亲眼看一看这个表演。但郢人已经去世，匠人因此再也无法表演这套绝活了。

匠人与郢人是一对默契十足的搭档，前者有过人的胆识和高超的技艺，能够游刃有余地使用手中的斧头；后者同样拥有过人的胆识，同时充满了对匠人的信任，二者相互配合才能完成精湛的表演。庄子通过这则寓言故事突显了匠人的熟练技艺和郢人的沉着勇敢，用来表达他与惠子的友谊。

成语“运斤成风”就是由这则寓言故事引申而来，比喻手法熟练，技艺高超。

文中庄子提及的惠子即惠施（约前370—前310），宋国（今河南商丘）人，战国时期政治家、哲学家，是名家思想的开山鼻祖和代表人物之一。惠子主张合纵抗秦，联合魏国、齐国、楚国等诸侯国共同对抗强大的秦国。庄子与惠子在政治、学术观点上大相径庭，常常辩论。“子非鱼，焉知鱼之乐”，“子非我，焉知我不知鱼之乐”，就是庄子和惠子辩论所留下的著名典故。庄子与惠子虽然观点对立，却是彼此可以真诚对谈的挚友。庄子在惠子的墓前讲了这段话，从他的角度来看，即自己失去惠子，就相当于匠人失去郢人、伯牙失去钟子期。

战国郑人列御寇所著的《列子》记载：“伯牙善鼓琴，钟子

《伯牙鼓琴图》王振鹏（元）

画中左边清瘦、蓄长髯、弹琴者为伯牙，对坐垂首凝听者为钟子期，二人举止神情生动，表现出了弹琴者的专注和听琴者的入神。

期善听琴……子期死，伯牙绝弦，以无知音者。”伯牙是春秋战国时期楚国郢都（今湖北荆州）人，在晋国出任上大夫，精通琴艺。据史书记载，钟子期为汉阳集贤村人氏，通晓音律。相传，伯牙演奏的琴声十分优美动听，犹如高山流水一般。虽然人人称赞他的琴艺，但他却十分苦恼没有遇到真正听懂自己琴声的人。伯牙在回楚国的探亲途中抚琴演奏，偶遇在山中砍柴的钟子期。伯牙抚琴，志在高山，钟子期听出曲意，告诉伯牙其琴声表现出了高山的雄伟气势；伯牙抚琴，志在流水，钟子期也听出曲意，告诉伯牙其琴声表现出了江河般无尽的流水。伯牙听到钟子期这番话大喜，感觉自己遇到了知音，与其一同把酒言欢，并且相约明年中秋再相见。一年后约期到时，不料钟子期已经去世，伯牙便在其坟前演奏了一曲《高山流水》，而后摔断了手中的瑶琴。他十分悲伤地说道，自己唯一的知音都不在人世了，以后弹琴也就没人能听懂了。有诗写道：“摔碎瑶琴凤尾寒，子期不在对谁弹？春风满面皆朋友，欲觅知音难上难。”

由此可见，知音难寻。如果能够遇到一位真正了解自己，与自己心心相印、默契十足的朋友，那么无论何时何地都要珍惜彼此的友谊。

宋人养狙

宋有狙①公者，爱狙，养之成群。能解狙之意，狙亦得公之心。损其家口，充狙之欲。俄②而匮焉，将限其食，恐众狙之不驯于己也，先诳③之曰："与若芧④，朝三而暮四，足乎？"众狙皆起而怒。俄而曰："与若芧，朝四而暮三，足乎？"众狙皆伏而喜。

【注释】

①狙：古书上说的一种猴子。
②俄：短时间。
③诳：欺骗，瞒哄。
④芧（xù）：橡树的果实，一种粮食。

【解读】

这则寓言故事出自《庄子·内篇·齐物论》。

有一个宋国人非常喜欢猴子，还养了一群猴子。他能够听懂猴子的意思，猴子们也懂得他的心意。他减少了家中的口粮，来饲养猴子，但是时间长了，家里的粮食变得越来越少，因此不得不减少猴子们的粮食。他担心猴子会不再顺从自己，就先骗他们说每天早上给三个橡果，晚上给四个，猴子们一听都很生气，鼓噪起来。于是，他便说早上给四个，晚上给三个，猴子们听了都高兴起来，趴下身子服服帖帖的了。

《枇杷猿戏图》易元吉（宋）

无论是朝三暮四，还是朝四暮三，其实猴子这一天之中得到的食物是相同的，只是颠倒了顺序而已。庄子解释“朝三”：“劳神明为一而不知其同也，谓之朝三。”意思是耗费心思才能认识事物的一面，却不知道事物所具有的相同属性。这则寓言故事讽刺了一些理论家，总是试图区分事物的不同性质，殊不知事物本身所具有的同一性。这则故事旨在告诫人们，不要太过计较得失，因为有得必有失，这是事物发展的规律。

成语“朝三暮四”就是由这则寓言故事引申而来，原本用来比喻聪明人善于运用手段，愚笨的人不善于辨别事物，后来引申为没有原则、反复无常。

庄周梦蝶

昔者庄周梦为胡蝶，栩栩①然胡蝶也，自喻适志与，不知周也。俄然觉，则蘧蘧②然周也。不知周之梦为胡蝶与，胡蝶之梦为周与？周与胡蝶，则必有分矣。此之谓物化。

【注释】

①栩栩：生动活泼的样子。
②蘧蘧：僵直的样子。

【解读】

这则寓言故事出自《庄子·内篇·齐物论》。

庄周梦见自己变成了一只蝴蝶，正在翩翩飞舞，感觉十分愉快、惬意，完全不知道自己原本是庄周。当他突然从梦中醒来，才发现自己原来是庄周，而不是蝴蝶。不知道是庄周在梦里变成了蝴蝶，还是蝴蝶在梦里变成了庄周。

庄子运用浪漫的想象力和美妙的文笔，描绘了梦中变化为蝴蝶和梦醒后蝴蝶复化为己的故事，蕴含着深刻的哲理。清代张潮在《幽梦影》中写道："庄周梦为蝴蝶，庄周之幸也；蝴蝶梦为庄周，蝴蝶之不幸也。"庄周变成蝴蝶，自由自在、翩翩飞舞，这实在是庄周的幸运；而蝴蝶变为庄周，受到世间烦愁困扰，实在是蝴蝶的不幸，点出了庄子哲学的精髓，即物化。物化即物与我的互化，是一种忘我的精神境界。庄子认为生死、梦醒，以及世间万物的差别都是相对的，都由"道"变化而来，根本上并没有区别。因此，不必去追求两样事物之间的差别。例如在这则寓言故事中，到底是庄周梦见自己变成了蝴蝶，还是蝴蝶梦见自己变成了庄周，就没有必要去追究了。

庄周梦蝶成为后世文人经常吟咏的题材，并被赋予了更多丰富内涵，如离愁别绪、思乡恋国、人生慨叹、恬淡闲适等。梁简文帝萧纲的《十空六首·如梦》一诗写道："秘驾良难辨，司梦并成虚。未验周为蝶，安知人作鱼。"简文帝虽身为帝王，却是任人摆布的傀儡，这首诗抒发了他的忧思，表达了一切皆空、人生如梦的感慨。唐代诗人白居易仕途受挫、理想破灭时，作诗《疑梦二首》曰："鹿疑郑相终难辨，蝶化庄生讵可知。假使如今不是梦，能长于梦几多时。"诗人借此抒发了自己对人生变幻无常、时光易逝、富贵不可求的感叹。

人们还常借庄周梦蝶来寄托自己对故国、故土和故人的思念之情。南宋词人辛弃疾在《念奴娇·和赵国兴知录韵》一词中写道："怎得身似庄周，梦中蝴蝶，花底人间世。记取江头三月暮，风雨不为春计。万斛愁来，金貂头上，不抵银瓶贵。"抒发了自己抗金无路、报国无门、壮志难酬的思想感情。

《梦蝶图》刘贯道（元）

北宋诗人梅尧臣在《睡意》一诗中写道："花时啼鸟不妨喧，清暑北窗聊避燠。……且梦庄周化蝴蝶，焉顾仲尼讥朽木。"诗人在花开鸟鸣的美景之中，心情闲适，只想像庄周一样做梦化为蝴蝶，即使做像宰予那样被孔夫子讥为不可雕的朽木，也毫不在意。诗中的意境与庄子物我两忘、追求自由与自在的主张相一致。

宋代词人苏轼在《题清淮楼》中写道："观鱼惠子台芜没，梦蝶庄生冢木秋。惟有清淮供四望，年年依旧背城流。"梦中化蝶的庄周的墓上秋草凋零，早已物是人非。作者借庄周梦蝶的典故吊古怀今，悲今伤古，咏叹人生。

成语"庄周梦蝶"就是由这则寓言故事引申而来，形容分不清现实还是梦境，也比喻人生变化无常。

庖丁解牛

庖丁①为文惠君解牛，手之所触，肩之所倚，足之所履，膝之所踦，砉②然向然，奏刀騞③然，莫不中音；合于《桑林》④之舞，乃中《经首》⑤之会。文惠君曰："嘻，善哉！技盖至此乎？"庖丁释刀对曰："臣之所好者道也，进乎技矣。始臣之解牛之时，所见无非全牛者。三年之后，未尝见全牛也。方今之时，臣以神遇而不以目视，官知止而神欲行。依乎天理，批大郤⑥导大窾⑦因其固然，技经肯綮⑧之未尝微碍，而况大軱⑨乎！良庖岁更刀，割也；族庖月更刀，折也。今臣之刀十九年矣，所解数千牛矣，而刀刃若新发于硎⑩。彼节者有间，而刀刃者无厚；以无厚入有间，恢恢乎其于游刃必有余地矣，是以十九年而刀刃若新发于硎。虽然，每至于族，吾见其难为，怵然为戒，视为止，行为迟。动刀甚微，謋⑪然已解，牛不知其死也，如土委地。提刀而立，为之四顾，为之踌躇满志，善刀而藏之。”文惠君曰：“善哉！吾闻庖丁之言，得养生焉。”

【注释】

①庖丁：名叫丁的厨工。
②砉（xū）：皮骨相离的声音。
③騞（huō）：象声词，形容比“砉然”更大的进刀解牛声。
④《桑林》：古乐乐曲名，相传为殷商时期的天子之乐。
⑤《经首》：古代乐曲名，相传为尧乐曲《咸池》中的一章。
⑥郤：同“隙”，指筋骨的缝隙。
⑦窾（kuǎn）：指骨节空隙。
⑧綮（qìng）：筋骨结合处。
⑨軱（gū）：大骨头。
⑩硎：磨刀石。
⑪謋（huò）：解散。

【解读】

这则寓言故事出自《庄子·内篇·养生主》。

庖丁解牛的技术十分高超。他为梁惠王宰杀壮牛，手所碰到的、肩膀所依靠的、脚所踩的及膝盖所顶着的牛的部位，随着刀起刀落，牛皮牛骨分离的声音与上古乐曲《桑林》《经首》的节拍十分相近。庖丁解牛注重的不是任何技术，而是一种自然的规律：他最初所看到的是牛的整体；三年之后眼睛里看到的就不是一整只牛了，而是牛的各个部分；到了最后则不用眼睛看牛，而是用精神去感受。由于牛的身体十分庞大，筋骨、经脉相连的地方不便于运刀，大骨头更不容易割断，技术好的厨师每年需要更换一把刀，技术一般的厨师一个月就需要更换一把刀，而庖丁的刀用了十九年，宰杀了数千头牛，刀刃仍旧如同刚磨过的一样锋利。这是因为他依照牛的身体构造，将刀砍入牛身体内筋、骨相接的缝隙中，顺着骨缝运刀。但每当遇到比较难下刀的地方，庖丁就十分警惧而小心翼翼，行动也跟着放缓。

这则寓言故事其实讲述了养生的原理。庖丁解牛，能够做到刀刀到位、却不伤刀，这是因为其掌握了牛的结构和肌理。庖丁没有选择以硬碰硬，而是避开矛盾，做到顺其自然，这也是保身、养生所应该懂得的道理。如果把人的个体生命比作刀，那么牛骨节间的缝隙就好比外部世界和社会环境。对于大多数人来说，以一己之力想要探求、影响甚至改变世界和社会，是一项过于艰巨的任务。与其竭尽全力，不断与外界“斗争”，不如发现身边的“有间”，也就是掌握自然与社会的规律，在繁杂的环境中找到自己的立足之地。一旦掌握了规律、顺应自然，就会发现自己身处的环境越来越广阔，心境自然就越来越通达、平顺。庄子认为，这才是养生保身的根本之道。

成语“庖丁解牛”就是由这则寓言故事引申而来，比喻经过反复实践，掌握事物客观规律，做起事来就得心应手，应对自如。正是因为有数以千次的实践积累，庖丁才能如此熟练地掌握牛的结构。人们应当像庖丁一样，善于发现、领悟和掌握事情的规律，那么便可以更加轻松地解决问题。

相濡以沫

泉涸，鱼相与处于陆，相呴①以湿，相濡②以沫③，不如相忘于江湖。与其誉尧④而非桀⑤也，不如两忘而化其道。

【注释】

①呴（xǔ）：慢慢呼气。
②濡：沾湿，润泽。
③沫：唾沫，口中的津液。
④尧（前 2408—前 2290）：又称“唐尧”“帝尧”，姓伊祁，名放勋，古唐国（今山西临汾尧都区）人。我国上古时期部落联盟首领，“五帝”之一。
⑤桀（？—约前 1600）：又称“夏桀”，姓姒，氏夏后，名癸，一名履癸。夏朝最后一位君主。

【解读】

这则寓言故事出自《庄子·内篇·大宗师》。

从前，两条鱼因为泉水干涸被困在干燥的陆地上，便互相用自己嘴里的湿气来滋养对方，用自己嘴巴里的唾沫沾湿对方。两条鱼用唾液润泽对方的行动令人感动，但庄子对此持否定态度。庄子认为，与其这样，倒不如各自在宽阔的大江大湖中畅游，而彼此互不相识。同样的道理，与其赞誉尧的英明伟大，非议夏桀的残暴无良，不如把这两者都忘记了，他们的行为不过是遵循和体现了历史发展的规律。

唐尧像

庄子曾说过："其生若浮，其死若休，不思虑，不预谋。光而不耀，信而不期。其寝不梦，其觉无忧。其神纯粹，其魂不罢。虚无恬淡，乃合天德。"他主张人们不应为外物所累，要放弃原有的执着，以全新的自我迎接新世界。而对于两条鱼来说，就是要顺应泉涸的客观现实。庄子始终秉承着这样的理念，在夫人去世时，其他人都十分悲伤，只有他"盆鼓而歌"。他对前来吊唁的人说，死亡乃自然规律，不需要因逝者而感到过分悲伤。人不要刻意做任何事，而是应该合乎天意、顺其自然，既不要刻意为善，也不要刻意为恶。

成语"相濡以沫"就是由这则寓言故事引申而来，比喻两个人同处于困境之中，用微薄的力量互相帮助。如今，人们常用这个词来形容夫妻之间患难与共、情比金坚的感情。

东施效颦①

故西施病心而矉②其里，其里之丑人见而美之，归亦捧心而矉其里。其里之富人见之，坚闭门而不出；贫人见之，挈③妻子而去走。彼知矉美，而不知矉之所以美。

【注释】

①颦：皱眉。
②矉：古同“颦”，皱眉头。
③挈：本意是用手提着，此处是带、领的意思。

【解读】

这则寓言故事出自《庄子·外篇·天运》。

西施是我国古代四大美人之一。她因为患有心脏病，经常皱着眉头、捂着胸口，表情很痛苦。邻里有一位叫作东施的女子，长相奇丑，看到西施皱眉的样子，觉得很美，便模仿她，也捂着胸口、皱着眉头。村里的富人见到她，都紧闭大门，不愿出来。而穷人遇到她，都纷纷带着老婆、孩子逃开了。

西施，春秋时期越国苎罗（今浙江诸暨）人，姓施，名夷光，因为生活在西村，故名“西施”。据说她相貌美丽非凡，最初被越国的大臣范蠡献给越王勾践，后来又献给吴王夫差。相传，越国将吴国消灭之后，范蠡便带着西施远离越国宫廷，泛舟五湖，通过经商成了富甲天下的传奇人物。

这则寓言故事讽刺了一些没有自知之明、不识时务，只知道盲目效仿的人。东施只知道西施皱眉、捂胸口的样子很美，却不知道西施这样做的原因就跟风模仿，结果适得其反，成为别人的笑柄。爱美之心人皆有之，这无可厚非，但每个人都应该找到自己的风格，发现最适合自己的方式，展现属于自己的美丽。

《西施浣纱》齐白石（近代）

西施常在河边浣纱（洗涤衣服），水中的鱼儿看到她在水中的倒影，都忘了游动而沉到水底去了，因而西施有“沉鱼”的代称。

成语“东施效颦”就是由这则寓言故事引申而来，比喻盲目地模仿别人，而有时也作自谦之词，表示自己实力较差，学别人的长处没有学到家。

望洋兴叹

秋水时至，百川灌河。泾流之大，两涘①渚崖②之间，不辩牛马。于是焉河伯欣然自喜，以天下之美为尽在己。顺流而东行，至于北海，东面而视，不见水端。于是焉河伯始旋其面目，望洋向若而叹曰："野语有之曰：'闻道百，以为莫己若者。'我之谓也。且夫我尝闻少仲尼③之闻，而轻伯夷之义者，始吾弗信。今我睹子之难穷也，吾非至于子之门则殆矣，吾长见笑于大方之家。"

北海若曰："井蛙不可以语于海者，拘于虚也；夏虫不可以语于冰者，笃于时也；曲士不可以语于道者，束于教也。今尔出于崖涘，观于大海，乃知尔丑，尔将可与语大理矣。天下之水，莫大于海，万川归之，不知何时止而不盈；尾闾④泄之，不知何时已而不虚；春秋不变，水旱不知。此其过江河之流，不可为量数。而吾未尝以此自多者，自以比形于天地而受气于阴阳，吾在于天地之间，犹小石小木之在大山也。方存乎见少，又奚以自多！计四海之在天地之间也，不似礨⑤空之在大泽乎？计中国之在海内，不似稊米之在大仓乎？号物之数谓之万，人处一焉；人卒九州，谷食之所生，舟车之所通，人处一焉；此其比万物也，不似豪末之在于马体乎？五帝之所连，三王之所争，仁人之所忧，任士之所劳，尽此矣！伯夷⑥辞之以为名，仲尼语之以为博，此其自多也，不似尔向之自多于水乎？"

【注释】

①涘（sì）：岸。

②渚（zhǔ）崖：水洲岸边。渚，水中小块陆地。崖，高地的边，陡立的山边。

③仲尼：即孔子（前551—前479），字仲尼，春秋时期鲁国人，著名的思想家、教育家、政治家。孔子是儒家学派创始人，开创了古代私人讲学之风。他周游列国宣传自己的“仁政”主张，却始终未能得以施行。

④尾闾（lǘ）：传说中海水的倾泻之处。

⑤礨（lěi）：小穴。

《南华秋水图》朱耷（清）

⑥伯夷：商末孤竹国第七任君主长子。其父原本想让幼子叔齐继承王位，但按孤竹国传统理应由长子继承王位。其父去世后，清廉自守的伯夷不愿接受王位，其弟叔齐出于对兄长的道义也不愿接受，二人避走北海之滨。后周武王伐纣，二人对臣子讨伐君主的做法十分不满，遂决定不吃周朝的粮食，最后饿死。

【解读】

这则寓言出自《庄子·外篇·秋水》。

秋天涨水的季节按时到来，千百条河川都注入黄河。水流非常浩大，遥望两岸洲渚崖石之间，都辨不清牛或马的外形。于是，黄河之神河伯便欣然自得，以为天下所有的美景全在自己这里了。他顺着水流向东走，到了北海边上。他向东望去，看不见水流的尽头。于是，河伯才转过脸来，茫然地对北海之神若感慨道：“俗话说：‘知道很多道理，就自以为没人能赶上自己了。’这正是说我呀。而且，我听说过有人贬低仲尼的学识见闻，轻视伯夷的节孝忠义，开始我还不相信。现在我看到您的浩瀚无穷，如果我没有来到您的门前就要危险了，我将会永远被有见识的高人所耻

笑啊。”

北海若说：“生活在井里的青蛙，无法跟它谈论大海，因为它被狭小的环境所局限；只活在夏天的小虫，不能跟它谈论冰冻，因为它受到时令的限制；孤陋寡闻的人，不能跟他讲论高深的道理，因为他被以往受到的狭隘的教育所拘束。如今你走出了河岸，看到了海洋的浩大，认识到自己的鄙陋，我就可以与你谈论大道之理了。世界上所有的水体，没有比海更大的了，千百条河川都流入大海，不知道什么时候才停止，而海水却从不溢出；海水从尾闾流泻而出，也不知道什么时候会流尽，而海水也从不会排空；无论春天还是秋天，大海都没有变化；无论是干旱还是水涝，大海也从不会感知。这就是大海胜过江河水流之处，海水不能以数字来计算其量，但我从来没有以此自夸。我的形体来自于天地的恩赐，我的生机气魄又得自阴阳的变化，我身处天地之间，就像大山上的一块石头、一株小树，正感到自己的渺小，又怎么会因此自大呢？四海在天地之内，不就像大沼泽之中的一个小小蚁穴吗？整个国家在四海之内，不是像太仓中的一粒米吗？世上的物

《九歌图》中的河伯 张渥（元）

类数以万计，人只是万物之一。九州之大，住了许多人，生长了许多谷物粮食，通行着许多舟船车马，人也只是其中之一。人与万物比较起来，不就是像马身上一根毫毛的末端吗？古代的三王五帝所要夺取和继承的天下，讲仁义的儒者所忧虑的社会，能士所辛劳的职务，就像这些毫毛的末梢一样不值一提。可是，伯夷为了节义的名声而辞去君位，仲尼为了显示博学多闻而不停谈论天下，他们的自我夸耀不就和你刚才夸耀河水之大是一样的吗？”

这个故事中的河伯，一开始不知道世界之大，轻狂自得，而在见到北海的浩大后立刻认识到自己的见识短浅，自叹不如。而北海之神则以自然广大、宇宙无穷来开导河伯，阐述了世间万物的“大”和“小”都是相对而言的道理。

成语“望洋兴叹”就是由此引申而来。这个故事告诫我们，不要囿于个人有限的见识，自以为是，应该认识到宇宙无穷，人类对自然万物的认识也是永无止境的。只有眼光远大、虚怀若谷，才能不断完善自我，否则只能沦为笑柄。

井底之蛙

……坎井之蛙……谓东海之鳖曰："吾乐与！出跳梁乎井干之上，入休乎缺甃①之崖；赴水则接腋持颐②，蹶泥则没足灭跗③；还视虷蟹与蝌蚪，莫吾能若也。且夫擅一壑之水，而跨跱④埳井之乐，此亦至矣。夫子奚不时来入观乎？"东海之鳖左足未入，而右膝已絷矣。于是逡巡而却，告之海曰："夫千里之远，不足以举其大；千仞之高，不足以极其深。禹之时十年九潦⑤，而水弗为加益；汤之时八年七旱，而崖不为加损。夫不为顷久推移，不以多少进退者，此亦东海之大乐也。"于是坎井之蛙闻之，适适然惊，规规然自失也。

【注释】

①甃（zhòu）：井壁。
②颐：面颊，腮部。
③跗（fū）：脚背。
④跨跱：盘据之意。
⑤潦（lào）：古同“涝”，雨水过多，水淹。

【解读】

这则寓言故事出自《庄子·外篇·秋水》。

一只生活在浅井里的青蛙，对从东海来的大鳖说：“我日子过得多快乐啊！想出去玩，就在井栏上蹦蹦跳跳；想回来，就蹲在残破井壁的窟窿里休息一下。我跳进水里时，水面刚好托着我的腋窝和两腮；我站在泥里时，泥浆只能漫到我的脚背上。回头看看那些赤虫、螃蟹、蝌蚪一类的小虫，它们哪个能跟我相比！我独占了这口井的水，想跳就跳，想停就停，真是快活极了！您为什么不下来到我这里看看呢？”

海鳖刚要把左脚踏进井里，右腿就被井壁卡住了。它在井边慢慢地徘徊了一阵，就退了回来，开始给青蛙讲起东海的景象：“千里之远也不够形容大海的辽阔；千仞之高也不能表明大海的深度。上古大禹治水的时候，十年里有九年在闹水灾，可是海水并没有增多；商汤时，八年里有七

绿釉陶水井模型（东汉）

年干旱，可是海水并没有显得减少。大海不会随着时间的长短而改变，也不因为雨量的多少而涨落。这才是住在东海里最大的快乐啊！”

井里的青蛙听了这番话，惊讶得两眼圆睁，好像失了神。

这则寓言故事旨在讽刺那些孤陋寡闻、见识浅薄的人。井底之蛙因为始终在狭窄的空间内活动，对外面的世界知之甚少，便以为自己拥有全天下最好的东西。

成语“井底之蛙”就是由这则寓言故事引申而来，比喻一些见识短浅而又盲目自大的人。知识是无穷无尽的，人们不应该像井底之蛙一样停止学习的脚步，要“学海无涯苦作舟”，不断充实自己。

《荷蛙图》齐白石（近代）

路人献雉

楚人担山雉①者，路人问：“何鸟也？”担雉者欺之曰：“凤皇②也。”路人曰：“我闻有凤皇，今直见之。汝贩之乎？”曰：“然。”则十金，弗与。请加倍，乃与之。将欲献楚王，经宿而鸟死。路人不遑③惜金，惟恨不得以献楚王。国人传之，咸以为真凤皇，贵，欲以献之。遂闻楚王，王感其欲献于己，召而厚赐之，过于买鸟之金十倍。

【注释】

①山雉：一种鸟，俗称“野鸡”。

②凤皇：同“凤凰”，传说中的神鸟。

③不遑：来不及，顾不上。

人物龙凤帛画（战国）

凤凰是一种神鸟，饮晨露，食嫩竹，栖梧桐，为中华民族的图腾之一。

【解读】

这则寓言出自《尹文子·大道上》。《尹文子》一书的作者为尹文（约前 360—前 280），齐国人。战国时期哲学家，宋尹学派始祖。他所著的《尹文子》一书一般被列为名家著作。

这则寓言讲的是，从前有一个人挑着山鸡走在路上，一个路人过来问他是什么鸟。挑着山鸡的人骗路人说是凤凰，路人说："我只是听说过有凤凰，没想到今天真的见到了！你能把凤凰卖给

凤凰金饰（明）

凤凰和龙还是皇权的象征，常出现在皇后妃子的衣服上，或用作饰品等。

我吗？”挑野鸡的人说：“行啊。”路人想出十金，挑担人不答应，路人又增加到双倍的价钱，挑担人才把“凤凰”卖给了他。路人想将“凤凰”献给楚王，不料隔了一夜山鸡却死了。路人不心疼自己的钱，反而因为没能把神鸟献给楚王而感到惋惜。楚国的人争相传诵这件事，都以为那只鸟是真的凤凰。楚王感念于路人的诚心，就召见了他并赐给他超出买鸟十倍的钱作为奖励。

这个故事中，路人并没有见过凤凰，只是听挑担的人一面之词，就轻易相信。听说这件事的人也都以为死的是真凤凰，还把此事传到了楚王耳中。而楚王更没有经过任何调查就相信了此事，还以重金赏赐了那个路人。这整件事中，当事人偏听偏信，以讹传讹，闹出了一个大笑话。书中提到的这个寓言，意在告诫人们，只凭口耳相传所得到的认识不一定真实可靠，只有对听到和看到的事物进行仔细审察、分析，才能得到正确的结论。

螳臂当车

齐庄公出猎，有一虫举足将搏其轮。问其御①曰："此何虫也？"对曰："此所谓螳螂者也。其为虫也，知进而不知却，不量力而轻敌。"庄公曰："此为人，而必为天下勇武矣！"回车而避之，而勇士归之。

【注释】

①御：驾驶车马（的人）。

【解读】

这篇寓言出自《淮南子》。《淮南子》又名《淮南鸿烈》，是西汉宗室淮南王刘安主持编写的杂家著作。全书内容庞杂，将道、阴阳、墨、法各家及部分儒家思想糅合起来，而主要的宗旨则倾向于道家。

玉螳螂（西周）

这则寓言讲的是，齐庄公外出打猎时，在其乘坐的车前有一只螳螂举起前肢正试图与车轮相搏斗。齐庄公便询问车夫这是什么虫，车夫说此虫名叫螳螂，其生性只知道前进而不知道后退，往往不估量一下自身的力量就轻易与敌人对阵作战。齐庄公让车夫避让螳螂，因为他觉得如果一个人像螳螂一样，则一定会成为天下的勇士，这种勇敢无畏的精神值得尊敬。正因为齐庄公此番言论，天下很多勇士都来投奔齐庄公。

在《庄子·人间世》中也有相关描述："汝不知夫螳螂乎，怒其臂以当车辙，不知其不胜任也。"螳螂举起前肢企图阻挡车子前进，可谓不自量力。即使被外界误解为不自量力，螳螂也没有轻易向敌人或者困难低头，哪怕知道结果不过是以卵击石。正是因为螳螂的这种精神，使得欣赏勇敢者的齐庄公为其让道。

成语"螳臂当车"就是由这则寓言故事引申而来，不过现在则比喻做自身力量做不到的事情，以及妄图抗争力量强大的人，结果必然失败。

揠苗助长

宋人有闵①其苗之不长而揠②之者，芒芒然归，谓其人曰："今日病③矣！予助苗长矣！"其子趋而往视之，苗则槁④矣。天下之不助苗长者寡矣！以为无益而舍之者，不耘苗者也；助之长者，揠苗者也；非徒无益，而又害之。

【注释】

①闵：古同"悯"，忧虑。
②揠（yà）：拔。
③病：疲惫。
④槁（gǎo）：枯干，枯槁。

【解读】

这则寓言故事出自《孟子·公孙丑上》。孟子（约前 372—前 289），名轲，字子舆，鲁国邹（今山东邹县东南部）人。战国时期思想家、政治家、教育家，儒家的重要代表人物之一，有“亚圣”之称。他受业于孔子的弟子子思，学成后，以士的身份到梁（魏）国、齐国、宋国、滕国、鲁国等诸侯国进行游说，推行自己的政治主张。《孟子》共十四卷，记述了孟子及其弟子的各项活动，以及政治、教育、哲学、伦理等方面的学说和思想。《孟子》为儒家经典著作之一，与《论语》《大学》《中庸》合称“四书”。

孟子像

这则寓言故事说的是，宋国有一位农民，总是担心自己田地里的秧苗长不高，于是就花了一天时间把秧苗都拔高了一截，还向家人夸耀自己帮田地里的秧苗长高了！他的儿子急忙跑去地里查看，发现满地的秧苗早已经枯萎了。

这则寓言故事讽刺了那些自作聪明、妄图走捷径的人。宋人因为担心秧苗长不高，以为自己动手帮其长高，就可以达到目的，殊不知反倒适得其反。凡事要遵循自然发展规律，循序渐进，不能急于求成。

成语“揠苗助长”就是由这则寓言故事引申而来，比喻违反事物发展的客观规律，急于求成，反而把事情弄得更糟。

寡人之于国也

梁惠王曰："寡人之于国也，尽心焉耳矣。河内凶①，则移其民于河东，移其粟于河内。河东凶亦然。察邻国之政，无如寡人之用心者。邻国之民不加少，寡人之民不加多，何也？"孟子对曰："王好战，请以战喻。填然②鼓之，兵刃既接，弃甲曳③兵而走。或百步而后止，或五十步而后止。以五十步笑百步，则何如？"曰："不可。直不百步耳，是亦走也。"曰："王知如此，则无望民之多于邻国也。不违农时，谷不可胜食也。数罟不入洿池④，鱼鳖不可胜食也。斧斤以时入山林，材木不可胜用也。谷与鱼鳖不可胜食，材木不可胜用，是使民养生丧死无憾也。养生丧死无憾，王道之始也。五亩之宅，树之以桑，五十者可以衣帛矣。鸡豚狗彘⑤之畜，无失其时，七十者可以食肉矣。百亩之田，勿夺其时，数口之家可以无饥矣。谨庠序⑥之教，申之以孝悌之义，颁白者⑦不负戴于道路矣。七十者衣帛食肉，黎民不饥不寒，然而不王者，未之有也。狗彘食人食而不知检，涂有饿莩⑧而不知发。人死，则曰‘非我也，岁也’，是何异于刺人而杀之，曰‘非我也，兵也’？王无罪岁，斯天下之民至焉。”

【注释】

①凶：粮食收成不好，饥荒之年。
②填然：击鼓的声音，形容声势宏大。
③曳：拉扯，拖拽。
④数罟（cù gǔ）不入洿（wū）池：不用网目很密的渔网在池塘中捕鱼，是为了避免破坏鱼的生长和繁殖。数罟，编织很密的渔网。洿池，很深的池塘。
⑤彘（zhì）：猪。
⑥庠序：古代的乡学，这里泛指学校。
⑦颁白者：头发花白的老人。颁，通“斑”。
⑧饿莩（piǎo）：饿死的人。莩，通“殍”。

【解读】

这篇文章选自《孟子·梁惠王上》。梁惠王是战国时魏国的

灰陶房舍与猪圈模型（汉）

国君，据《史记》记载，他于梁惠王三十五年（前 334）“卑礼厚币”，广招天下贤者，于是孟子来到魏国都城。梁惠王问政于孟子，孟子向惠王讲述了施行仁政的主张。这篇文章就是梁惠王与孟子交谈的一部分。

梁惠王说：“我对于国家算是很尽心了，河内地区遇到饥荒，我就把那里的老百姓迁移到河东去，又把河东的粮食运到河内；河东遇到饥荒也是这样做。看看邻国的国政，都没有像寡人这样用心的。可是邻国的百姓没有减少，我国的人口也没有增多，这是为什么呢？”

孟子回答说：“大王喜好战争，我就用打仗来做比吧。两军阵前，战鼓咚咚敲响，双方开始交战，战败一方的兵士扔掉盔甲、拖着武器，狼狈地逃跑。有人逃了一百步停下来，有人逃了五十步

《荷塘渔猎》画像砖（东汉）

就停下来。只跑了五十步的人去耻笑跑了一百步的人是胆小鬼，怎么样呢？”

梁惠王说：“不可以！他只是没有跑到一百步而已，但也一样是逃跑啊。”

孟子说：“大王既然懂得这个道理，就不用指望本国百姓比邻国多了。只要不违背农作物耕种、收获的规律，就会收获吃不完的粮食。只要不用密网在池里捕鱼，就能有吃不完的鱼鳖水产。按照一定的季节入山伐木，就会有用不完的木材。粮食和鱼鳖吃不完，木材用不完，百姓就会对生养死葬没有什么不满了，这才是王道的开端。

“五亩的宅院，种上桑树，五十岁以上的人就可以穿丝帛衣服了。饲养鸡、猪、狗这些家禽、家畜，不要耽误它们繁殖的时机，七十岁以上的老人就可以有肉吃了。百亩大的田地，不要耽误耕作的时节，数口之家就可以免受饥饿了。重视兴办学校、提倡教育，把孝敬父母、敬爱兄长的道理反复讲给百姓听，须发花白的老人就不用自己搬运重物了，因为会有年轻人来代劳。七十岁的人能够穿上丝帛、吃上肉食，百姓没有挨饿受冻的，做到了这些，就一定能称王天下。

“相反地，如果看见猪狗吃着人的食物而不去制止；路边随处可见饿死的人，而不知道开仓赈济。百姓冻饿而死，却说：‘这不是我的错，是年景不好。’这跟用刀把人杀死，却说‘人不是我杀的，是兵刃杀的’有什么不同？大王不把一切都归罪于年成，那么天下的百姓就都会来归顺您了。”

战国时期，各诸侯国之间的战争非常频繁，导致各国人口大量减少。一个国家人口的多少成为该国稳定繁荣的标志之一，因此，各国诸侯都想尽办法，希望吸引更多的百姓归顺本国，梁惠王也不例外。不过，梁惠王所采取的措施只是在饥荒之年移民、运粮而已。孟子指出，这些措施只不过是遭遇荒年的权宜之策，而并不是真正为百姓长久考虑的仁政。他举出“五十步笑百步”的例子，认为梁惠王就像寓言中跑了五十步的逃兵一样，所做的事与其他诸侯相比只是程度上有差异，而并没有本质上的区别，不足以赢得民心。孟子进而提出，国君应该大力发展农业，不违农时，同时重视教育，宣传儒家的孝悌之道，这样百姓衣食无忧，父慈子孝，整个社会和谐发展，自然天下归心，万民来顺，这才是梁惠王称王于天下的正道。

鲁丹见中山君

鲁丹三说①中山之君而不受也，因散五十金事其左右。复见，未语而君与之食。鲁丹出，而不反舍，遂去中山。其御曰：“及见，乃始善我，何故去之？”鲁丹曰：“夫以人言善我，必以人言罪我。”未出境，而公子恶之曰：“为赵来间②中山。”君而索罪之。

【注释】

①说（shuì）：用话语来劝说别人，使其听从自己的意见，即游说。
②间（jiàn）：挑拨，离间。

【解读】

这则寓言故事出自《韩非子·说林上》。《韩非子》一书的作者为韩非（约前280—前233），韩国（今河南新郑）人。战国时期哲学家，法家创始人。因其专著中有大量阴谋论述，也有人将其定位为阴谋学家。据《史记》记载，韩非与秦相李斯同为荀子的学生。他是韩王室公子之一，多次进谏韩王，但其主张始终得不到采纳。他认为这是“廉直不容于邪枉之臣”，便退而著书。韩非的著作流传到秦国，受到秦王的赏识和重用，因此遭到秦相李斯的妒忌。李斯诬陷韩非，且因他是韩国宗室，最终使其被逼自杀。韩非因为口吃而不擅言谈，但文采出众，其言论大多收录在《韩非子》一书中。他主张法、术结合，提出君主要善用权术，臣下则必须遵法。在法的方面，他提出了以刑止刑的思想，强调严刑、重罚。韩非还首次明确提出了“法不阿贵”的思想，主张“刑过不避大臣，赏善不遗匹夫”，对我国法治文明的发展做出了重大贡献。

韩非子像

本则寓言故事讲的是，鲁丹曾经多次到中山国游说中山君，意见却始终没被采纳。于是，他花五十金去讨好中山君身边的人，不仅获得召见，还被赏赐了酒食。鲁丹认为中山君因为别人的言辞而善待自己，有一天也会因别人的言辞而降罪于自己，于是没有返回住处就直接离开了中山国。果然，他还没离开中山国境内，中山君就听了别人的离间言论，派人搜捕他，要将他治罪。

这则寓言故事意在讽刺一些不分是非对错、听信谗言的人。最初，中山君对鲁丹不理不睬，后来因为近臣的进言而款待他，最后又因为公子的进言而要逮捕他。由此可见，中山君并不是一位明智的君主，没有自己的决断。如果一个人身居高位，因为一些小人的谗言，就对忠诚的下属做出错误的裁决，不仅会因此失去威信，还会错失人才，造成不可挽回的损失。

郑人买履

郑人有欲买履①者，先自度②其足，而置之其坐。至之市，而忘操③之。已得履，乃曰："吾忘持度④。"反归取之。及反，市罢，遂不得履。人曰："何不试之以足？"曰："宁信度，无自信也。"

【注释】

①履：鞋。
②度（duó）：测量。
③操：拿，抓在手中。
④度（dù）：量好的尺码。

【解读】

这则寓言故事选自《韩非子·外储说左上》。

有一个郑国人想要给自己买双鞋子，就先在家里用尺子测量

老式布鞋

好尺码。他前往集市，却发现忘记带量好的尺码，便回家去取。等到他拿着尺码返回集市的时候，集市已经散了，鞋子也没买到。有人问他："为何不用自己的脚试一试呢？"他却说："我宁可相信量好的尺码，也不相信自己的脚。"

度是一种衡量的标准，是一种社会准则。在这则寓言中，郑人按照自己测量的尺码去买鞋子，这种做法可以说也合情合理。但是，郑人太过于相信"尺度"，甚至都不相信自己本身。由于过于拘泥于教条，导致了他买不到鞋子的结局。这则寓言讽刺了那些墨守成规、冥顽不灵之人。

成语"郑人买履"就是由这则寓言故事引申而来，比喻做事死板、拘泥守旧、不会变通的人。如今，有一些人说话、做事、思考问题，完全从书本出发，按照书本上写的东西去执行，盲目地相信书上的"金科玉律"；如果出现书本上没有但实际上存在的东西，就选择不相信实际存在。这样的人不懂结合实际、不会变通，长此以往，思想会僵化，行为容易碰壁。

讳疾忌医

扁鹊见蔡桓公，立有间①，扁鹊曰："君有疾在腠理②，不治将恐深。"桓侯曰："寡人无疾。"扁鹊出，桓侯曰："医之好治不病以为功。"居十日，扁鹊复见，曰："君之病在肌肤，不治将益深。"桓侯不应。扁鹊出，桓侯又不悦。居十日，扁鹊复见，曰："君之病在肠胃，不治将益深。"桓侯又不应。扁鹊出，桓侯又不悦。居十日，扁鹊望桓侯而还走。桓侯故使人问之，扁鹊曰："疾在腠理，汤熨③之所及也；在肌肤，针石④之所及也；在肠胃，火齐⑤之所及也；在骨髓，司命⑥之所属，无奈何也。今在骨髓，臣是以无请也。"居五日，桓侯体痛，使人索扁鹊，已逃秦矣。桓侯遂死。

【注释】

①间：一会儿，顷刻。

②腠（còu）理：中医指皮肤的纹理和皮下肌肉的空隙。

③汤熨：在中医中，用热水熨帖患处来散寒止痛的一种治疗方法。

④针石：古时用砭石制成的石针，用于针灸。

⑤火齐：即火齐汤，一种清火、治肠胃病的汤药。齐，同“剂”，一种汤药。

⑥司命：传说中掌管生命的神。

铜药杵臼（明）

【解读】

这则寓言故事出自《韩非子·喻老》。

扁鹊面见蔡桓公，发现蔡桓公的肌肤表面有一些小疾病，劝其医治。蔡桓公却不承认自己的身体有病，并认为这是医生喜欢给没有病的人治病以获得报酬。过了十天，扁鹊再次面见蔡桓公，发现他的疾病已经发展到肌肉里了。但是，蔡桓公仍旧没有理他。又过了十天，扁鹊再次面见蔡桓公，发现他的疾病加重，已经发展到肠胃了。蔡桓公依然没有搭理他。等再过了十日，扁鹊远远地看见蔡桓公就转身离开了。蔡桓公派人问他为何如此，扁鹊答道：“当病灶在皮肤表面时，用药物热敷就可以治好；病灶在肌肉里，用针灸就可以治好；病灶在肠胃，服用汤药就可以治好；病灶在骨髓，医生也没办法医治了。”没过多久，蔡桓公就病死了。

扁鹊（前407—前310），姓秦，名越人，又号卢医，战国时期的名医，我国古代五大医学家之首。他学识渊博，医术高明，常常为人民解除疾苦，人们便借用上古轩辕时期的名医扁鹊的名讳来称呼他。蔡桓公，一般认为是春秋时蔡国（位于今河南省上蔡县一带）国君，在位时间为前714—前695年，共20年。也

《扁鹊行医图》画像石（汉）（图片提供：微图）

有人认为蔡桓公就是战国时期齐国的田齐桓公，本名田午，是田氏代齐之后的第三位齐国国君，公元前 374—前 357 年在位。

在这则寓言故事中，扁鹊四见蔡桓公，每一次都能够慧眼识病。而蔡桓公却始终骄横自负、讳疾忌医，对别人的忠告置若罔闻，最终病重去世。

成语“讳疾忌医”就是由这则寓言故事引申而来，意为隐瞒自己的疾病，不愿医治，多用来比喻害怕别人的批评，而掩饰自己的缺点或错误。有病就要及时医治，以免延误病情和治疗，这是中医“治未病”的思想。同理，遇到小问题时要及时解决，防微杜渐，以免问题扩大，造成无法挽回的后果。同时，这则寓言故事还警示人们要正视自己的缺点和错误，要像对待疾病一样，决不能讳疾忌医，而是要虚心接受别人的批评和帮助，及时修正自己思想和行为上的错误。

守株待兔

宋人有耕田者，田中有株，兔走触株，折颈而死，因释其耒①而守株，冀复得兔。兔不可复得，而身为宋国笑。

【注释】

①耒（lěi）：古代犁上的木把。指翻土的农具。

【解读】

这则寓言故事出自《韩非子·五蠹》。

宋国有一个农民，其田地中有一截树桩。一只野兔飞快地跑过来，不小心一头撞在树桩上，撞断脖子死了。于是，农民便放下手中的农具，整天守在树桩旁，希望能再逮到一只兔子。然而，他却再也没逮到过兔子，自己反而成为宋国人的笑柄。

这则寓言故事旨在告诫人们不要心存侥幸，一味地期望不劳而获，最终只会一事无成。寓言中的农民把偶然当成必然，希望用这种方法再逮到兔子，这种想法和行为十分愚蠢。没有天上掉馅饼的好事，只有通过自己的劳动和努力，才会有所收获和回报。

《苍鹰逐兔图》张路（明）

这则寓言故事还告诫人们不能死守自己狭隘的经验，不懂得思考和分析，一味地蛮干。长期积累的经验能够帮助人们更加方便、快捷地处理问题，但是一些经验会随着时间的推移变得过时，而且在不同领域，一些经验的成效也不尽相同。所以，人们不应该过分依赖自己或者他人的经验，而是应该与实际情况相结合。

成语“守株待兔”就是由这则寓言故事引申而来，比喻不想努力，心存侥幸，希望得到意外收获。

三人成虎

庞葱与太子质于邯郸，谓魏王曰：“今一人言市有虎，王信之乎？”王曰：“否。”“二人言市有虎，王信之乎？”王曰：“寡人疑之矣。”“三人言市有虎，王信之乎？”王曰：“寡人信之矣。”庞葱曰：“夫市之无虎明矣，然而三人言而成虎。今邯郸去①大梁②也远于市，而议臣者过于三人矣。愿王察之矣。”王曰：“寡人自为知。”于是辞行，而谗言先至。后太子罢质，果不得见。

【注释】

①去：距离。

②大梁：战国时期魏国都城，位于现河南省开封市一带。

【解读】

这则寓言故事出自《战国策·魏策二》。《战国策》原作者不详，由西汉刘安等人编辑整理而成，为战国时期纵横家（即策士）游说之辞的汇编，故名。《战国策》是一部国别体史书，共三十三卷、十二策，记载了东周、西周，以及秦、齐、楚、赵、魏、韩、燕、宋、卫、中山各国的政治和外交事件，共计约有二百四十年的历史。《战国策》中的文章文笔恣肆、语言流畅、论事透辟，善于运用寓言故事和比喻来说明道理。

这则寓言故事讲的是魏国的大臣庞葱（即庞恭），将要陪同魏太子到赵国都城邯郸做人质。他担心自己走后，会有小人向魏王进谗言诽谤自己。于是庞葱就对魏王说："假如一个人说市集上有老虎，您是否相信？"魏王表示自己不相信。"那么假如有两个人说市集上有老虎，您是否相信？"魏王表示自己有所怀疑。"假如三个人都说市集上有老虎，魏王您会相信么？"魏王这次表示自己会相信了。庞葱说："街市上是不会有老虎的，这很清楚，但是如果有三个人说有老虎，就像真有老虎了。邯郸城距离大梁，比我们这里到街市要远得多，而毁谤我的人肯定会超过三个，希望大王您能明察秋毫。"魏王说："我知道该怎么办了。"庞葱告辞离去后，毁谤他的话果然很快传到了魏王耳朵里。后来，魏国太子结束了人质的生活，回到魏国，庞葱却真的再也得不到魏王的召见了。

宋代文学家黄庭坚在《劝交代张和父酒》一诗中写道："三人成虎事多有，众口铄金君自宽。"意思是说，三人成虎、众口铄金的事自古以来就多有发生，只要自己心中无愧，就不必为旁人的言论感到困扰。

这个寓言故事中有三个主要的角色，一个是身受谣言之害的

青玉虎形佩（春秋）

庞葱，一个是轻信谣言的魏王，还有一方，就是身为谣言传播者的魏国大臣与民众。

从庞葱和魏王的角度来看，这个故事的关键词是“信任”。庞葱作为一位贤臣，具有清醒的政治头脑，在陪太子出发之前就预见到自己走后一定会受到毁谤。然而，他最后还是没有躲过谣言的暗箭，成为政治斗争的牺牲品。魏王身为一国之君，既然重用庞葱，就应该给予他充分的信任。而且在庞葱前往赵国之前，魏王对他说过“寡人自为知”，这应该就是让庞葱放心的意思。然而，当他听到毁谤庞葱的言论，并没有进行过切实的调查，取得明确的证据，就信以为真，疏远了一位贤臣，这不能不说是国家的损失。一个国家的领导人如此轻信、多疑，整个国家的命运可想而知。

从民众的角度来说，这个故事的关键词是“传播”。除了最初制造谣言、毁谤陷害庞葱的人之外，参与传播谣言的人不一定有什么恶意，或许只是听信人言、以讹传讹而已。然而结果却是败坏了舆论风气，给国家造成了巨大的损失。这种事情在今天这个网络时代更为多见，一条并无根据但足够耸人听闻的消息，在几小时内就足以传遍全国，引起恐慌。而想要辟谣澄清，消除谣言的负面影响，却往往事倍功半。因此，不轻易相信小道消息，不随意传播不实传闻，应该成为每一个公民的基本素质。

画蛇添足

楚有祠者①，赐其舍人卮②酒。舍人相谓曰："数人饮之不足，一人饮之有余。请画地为蛇，先成者饮酒。"一人蛇先成，引酒且饮之，乃左手持卮，右手画蛇曰："我能为之足。"未成，一人之蛇成，夺其卮曰："蛇固无足，子安能为之足？"遂饮其酒。为蛇足者，终亡其酒。

【注释】

①祠者：主管祭祀的官员。
②卮（zhī）：古代盛酒的器皿。

【解读】

这则寓言故事出自《战国策·齐策二》。

楚国有一个掌管祭祀的官员，赏赐给手下人一壶酒，但这

十二生肖剪纸——巳蛇

壶酒不够几个人一起喝。于是下属们商量着在地上画蛇，先画成的人便可以喝这壶酒。其中一人最先把蛇画好，在准备拿起酒壶喝酒时，却又要给蛇画脚。没等他画完，另一个人就已经画好蛇、抢过酒壶，把那壶酒喝掉了。

蛇本来就没有脚，先画完蛇的人给蛇添了脚，不仅没喝成酒，还成了笑柄。这则寓言故事讽刺了那些自作聪明、做事多此一举的人。元末明初小说家罗贯中（约 1330—约 1400）在《三国演义》中写道："张翼谏曰：'将军战绩已成，威声大震，可以止矣，今若前进，倘不如意，正如画蛇添足也。'"意在适可而止，不要节外生枝，才是将军当下最好的选择。

成语"画蛇添足"就是由这则寓言故事引申而来，比喻多此一举，反而把事情办糟了。无论做什么事，都要懂得过犹不及的道理，否则就会因为画蛇添足而把事情搞砸，可谓得不偿失。故事还提醒人们，做事要有明确的要求和目标，过分地追求完美，反而会弄巧成拙，招致失败。

狐假虎威

荆宣王①问群臣曰："吾闻北方之畏昭奚恤也，果诚何如？"群臣莫对。江乙对曰："虎求百兽而食之，得狐。狐曰：'子②无敢食我也。天帝使我长③百兽，今子食我，是逆天帝命也。子以我为不信，吾为子先行，子随我后，观百兽之见我而敢不走乎？'虎以为然，故遂与之行。兽见之皆走。虎不知兽畏己而走也，以为畏狐也。今王之地方五千里，带甲百万，而专属之昭奚恤④，故北方之畏奚恤也，其实畏王之甲兵也！犹百兽之畏虎也！"

【注释】

①荆宣王：即楚宣王。
②子：你。
③长（zhǎng）：为长，当首领。
④昭奚恤：楚宣王时楚国令尹，掌管军政大权。

【解读】

《下山猛虎》年画（清）

这则寓言故事出自《战国策·楚策一》。

楚国大臣昭奚恤在诸侯间很有名望。有一次楚宣王就问众臣，北方的少数民族畏惧昭奚恤是否是事实。在楚国做官的魏人江乙一向不满昭奚恤，就向楚宣王进谗言，对他讲述了一则故事：一只狐狸被老虎抓住，面临被吃的危险。于是狐狸骗老虎说，自己是受天帝的命令来做百兽首领的，它让老虎跟在自己的后面一起到百兽面前验证此事。果真，其他动物看到狐狸和老虎后纷纷逃跑，老虎便信以为真。江乙说："北方少数民族畏惧昭奚恤，是因为楚宣王你拥有方圆五千里的广阔国土和百万大军，这就像百兽害怕的并不是狐狸，而是它身后的老虎一样。"

狐狸假借老虎的威信，吓跑了百兽，让老虎对自己的谎话信以为真，得以逃脱。成语"狐假虎威"就是由这则寓言故事引申而来，比喻依仗别人的势力来恐吓、欺压人。如今，一些人借着别人的势力，或利用职务上的权力作威作福、仗势欺人，可谓虚伪至极。然而，终有一天谎言会被揭穿。仗势欺人的人虽然可以嚣张一时，但其本质却十分软弱、无能，这种人不堪一击，最终也不会有好下场。

南辕北辙

魏王欲攻邯郸，季梁①闻之，中道而反，衣焦不申②，头尘不去，往见王曰："今者臣来，见人于大行③。方北面而持其驾，告臣曰：'我欲之楚。'臣曰：'君之楚，将奚为北面？'曰：'吾马良。'臣曰：'马虽良，此非楚之路也。'曰：'吾用多。'臣曰：'用虽多，此非楚之路也。'曰：'吾御者善。'此数者愈善，而离楚愈远耳！今王动欲成霸王，举欲信于天下。恃④王国之大，兵之精锐，而攻邯郸，以广地尊名，王之动愈数，而离王⑤愈远耳。犹至楚而北行也。"

【注释】

①季梁：魏臣，又称季氏梁、季仕梁，春秋初期随国人，著名政治家、军事家、思想家。

陶车马模型（汉）

②衣焦不申：衣服满是褶皱而来不及抻平。
③大行：宽阔的道路。一说“大”同“太”，大行即“太行”，太行山。
④恃：依赖，仗着。
⑤王（wàng）：动词，称王。

【解读】

这则故事出自《战国策·魏策四》。

魏王想要攻打赵国的都城邯郸，季梁听说之后，立刻半路返回，来不及抻平衣服上的皱褶，洗净头上的尘土，就急着去见魏王。季梁说道：“今天我在来的路上遇见一个人，正驾着车朝北方而去。他跟我说：‘我要到楚国去。’我说：‘您要去南方的楚国，为什么要往北走呢？’他说：‘我的马是难得的良驹。’我说：‘就算您的马是宝马，可这不是去楚国的路啊。’他又说：‘没关系，我的路费多得是！’我说：‘你的路费再多，可这不是去楚国的方向。’他还是说：‘我的车夫驾车技术非常高。’他所说的这几个条件越是好，他就离目的地楚国越远。大王您做的事，目的是想成为中原霸主，想取信于天下。您凭借魏国国力强大、军队精锐，发兵攻打邯郸，想要以此来扩张疆土，赢得美名，可是这样的行动越多，您反而离称王的目的越来越远了啊。这就和想去南方的楚国，却一路向北走是一样的啊。”

这则寓言，同时也是成语“南辕北辙”的出处。故事提醒人们，无论做什么事，都要首先看准目标和方向，再发挥自己的有利条件；如果方向发生了偏差，那么看似有利的条件只会起到相反的作用。同时，善于听取旁人的意见也是一项重要的素质。像故事中的驾车人，只是一直强调和夸耀自己的良马、资财和车夫，完全不理会季梁好意提醒他的“方向”问题，也就错过了修正错误的机会。等到最后发现时恐怕早已无法挽回，悔恨的苦果只能他自己吞下。

鹬蚌相争

今者臣来，过易水，蚌方出曝①，而鹬②啄其肉，蚌合而箝其喙。鹬曰："今日不雨，明日不雨，即有死蚌！"蚌亦谓鹬曰："今日不出，明日不出，即有死鹬！"两者不肯相舍，渔者得而并擒之。

【注释】

①曝（pù）：晒。

②鹬（yù）：一种水鸟，嘴部、腿部细长，常在水边或田野中捕食鱼虫、贝类等。

【解读】

这则寓言故事出自《战国策·燕策二》。

一位臣子面见赵惠王，向其讲述了自己经过易水的所见。一只河蚌刚在河滩上张开蚌壳晒太阳，就被一只鹬啄住了肉，于是蚌就合上蚌壳夹住鹬的嘴。鹬威胁蚌说："你不松开蚌壳，今天

青花鹬蚌相争纹碗（清）（图片提供：微图）

不下雨，明天不下雨，你迟早会干死在河滩上！”河蚌也毫不示弱地说：“你的嘴被我夹住，今天拔不出来，明天拔不出来，你也迟早会饿死在河滩上！”蚌的壳合不上，鹬的嘴拔不出去，二者互不相让，结果被一个在此经过的渔夫给一同捉了去。

战国时期，赵国想要攻打燕国。辩士苏代被燕国派去赵国邯郸游说。苏代向赵惠王讲述了这则寓言故事，意思是说如果赵国攻打燕国，那么两国就会相持不下，反而会被强大的秦国乘虚而入，借机吞并燕赵，就好像那个渔夫一样从中受益。之后，赵惠王便停止了攻打燕国的计划。

成语“鹬蚌相争，渔翁得利”就是由这则寓言故事引申而来，比喻双方不和，彼此争斗，结果两败俱伤，让第三方占了便宜。面对强大的敌人，弱小者应该彼此协作，团结一致，共同对付强敌。同理，在处理内部事务时，如果内部争斗不休、互不相让，只会两败俱伤，使第三者得利。因此，要以少数服从多数，眼前利益服从长远利益为首要原则，先解决首要矛盾，再考虑个人利益。

汉代寓言

汉代（前二〇二至公元二二〇）的寓言故事以劝诫性内容为主，在先秦寓言的基础上，对历史经验和教训进行总结，旨在警示、告诫后人不要重蹈覆辙，而应遵循自然规律，采取正确的方法解决问题。

近　患

夫鹊先识岁之多风也，去高木而巢扶枝。大人过之则探彀①，婴儿过之则挑其卵。知备远难而忘近患。

【注释】

①彀（kòu）：尚且需要母鸟哺食的雏鸟。

【解读】

这则寓言故事出自《淮南子·人间训》。《淮南子》的作者为西汉武帝时期的淮南王刘安及其门客。刘安（前 179—前 122），沛郡（今属江苏）人，汉高祖刘邦之孙。《淮南子》原名《鸿烈》，又名《淮南鸿烈》《刘安子》，成书于汉武帝建元元年（前 140），共有内篇二十一卷、外篇三十三卷，今仅存内篇。全书内容集道、阴阳、墨、法和部分儒家等先秦思想于一体，博大精深，但其宗旨属于道家，故为道家经典著作之一。此书内容以道家言论为主，并记载了许多古代的神话传说和秦汉之间的轶事。

《四喜图》边文进（明）

这则寓言故事讲的是，新春刚刚到来的时候，喜鹊已经提前感知到会有大风天气，于是就把原本建在大树顶端的巢穴移到下面的树枝上。但是这样做之后，成年人抬起头就能摸到喜鹊雏鸟，小孩拿着木杆就可以把喜鹊的蛋挑出来。正所谓，预防了远的困难却忘记了近处的忧患。

《论语》中说：“人无远虑，必有近忧。”意思是说，如果一个人没有长远的打算，那么眼下就会产生很多忧愁和麻烦。这个故事讲的也差不多是这个意思。喜鹊只顾躲避树顶的大风，却没有考虑到近地矮枝容易受到人类骚扰的弊端。故事告诫人们，在做决策之前需要考虑各方面的因素，无论是“远虑”还是“近忧”，都应纳入考量的范畴。忽视了任何一个方面，都有可能造成负面的影响，只有学会全面观察、分析问题，才能把事情办得圆满而不留遗憾。

塞翁失马

近塞上之人，有善术者①，马无故亡而入胡②。人皆吊③之，其父曰："此何遽④不为福乎？"居数月，其马将胡骏马而归。人皆贺之，其父曰："此何遽不能为祸乎？"家富良马，其子好骑，堕而折其髀⑤。人皆吊之，其父曰："此何遽不为福乎？"居一年，胡人大入塞，丁壮者引弦而战。近塞之人，死者十九。此独以跛之故，父子相保。

【注释】

①善术者：精通术数（即占卜吉凶之术）的人。
②胡：古时人们对北方或西域民族的称呼，此处借指胡人住地。
③吊：表示慰问。
④遽：遂，就。
⑤髀：大腿，亦指大腿骨。

塞翁失马浮雕（现代）（图片提供：FOTOE）

【解读】

这则寓言故事出自《淮南子·人间训》。

边塞一带有一个人特别善于占卜。有一次，他的马无缘无故地跑到北方胡人的地界去了。人们都安慰他，他却说："这怎么就不能是一件好事呢？"果然，原先走失的马在几个月后把胡人的骏马一同带了回来。人们便祝贺他，他却认为这也许是坏事。他的儿子善骑马，有一次不小心从马背上掉下来摔伤了大腿。人们又都来安慰他，他却认为这也是好事。一年之后，胡人进攻边塞，许多人家的男子都拿起武器参战，死伤甚多。而他的儿子因为腿瘸免于征战，父子二人得以保全性命。

成语"塞翁失马，焉知非福"就是由这则寓言故事引申而来。善术者没有因为马走失、儿子的腿摔伤而感到过分悲伤，也没有因为家里的马增多而感到过分喜悦。其实不一定是因为他真能预知吉凶，而是他懂得事物都有两面，懂得在一定条件下，双方是有可能向相反方面转化的。故事对于我们的启示就是，无论面对好事还是坏事，都要保持冷静的头脑，以辩证的眼光看待福与祸。如果突然遭遇困境，能从容、镇静，分析原因，顽强拼搏，那么，即使在困境中也有可能再度崛起。而努力的过程又可以成为自己宝贵的精神财富，这就是坏事变好事了。而在一帆风顺的顺境中，也要时刻提醒自己，不可得意忘形。

嗟来之食

齐大饥。黔敖为食于路，以待饿者而食之。有饿者蒙袂①辑屦②，贸贸然来。黔敖左奉食，右执饮，曰："嗟！来食！"扬其目而视之，曰："予唯不食嗟来之食，以至于斯也！"从而谢③焉，终不食而死。

【注释】

①袂（mèi）：衣袖，袖口。
②屦：古代用麻葛制成的一种鞋。
③谢：认错，道歉。

【解读】

这则寓言故事出自《礼记·檀弓下》。《礼记》的编者为西汉学者戴圣（生卒年不详），其主要内容是对秦汉以前礼仪制度的辑录，共四十九篇，涉及祭祀、政治、历史、哲学、法律、道德、文艺、日常生活、历法、地理等诸多方面，是儒家的经典著作之一，其中一些篇章具有相当的文学性和哲学性。

这则寓言故事讲的是，有一年齐国大旱，爆发饥荒。富人黔敖在路边给他人施舍食物。他看到一个快要饿死的人用袖子挡着脸，拖着鞋子走过来，就用左手拿着食物，右手拿着汤，对他说道："喂！过来吃吧！"那个饥饿的人却瞪着黔敖说："我就是因为不吃嗟来之食，所以才饿成现在这副样子的。"后来，黔敖向其道歉，他也没有吃这份"嗟来之食"，最后饿死了。

在这个故事中，挨饿的人宁可饿死，也不愿意接受嗟来之食。中华民族的传统价值观中，非常推崇有骨气的人。许多俗语都表示了对气节的看重，如"人穷志不短""不蒸馒头争口气"等。人之所以为人，与只知追求温饱的动物，区别大概就在这里。从另一个角度来看，文中的富人黔熬可能也不是故意想要侮辱饿者，只是习惯性地态度倨傲，缺乏应有的礼貌而已。这也启示我们，在向别人提供帮助的时候，要注意自己的态度和方式，把对人的尊重摆在首位，待人以诚，这样才能收获真诚的感激和尊敬。

成语"嗟来之食"就是由这则寓言故事引申而来，指带有侮辱性或不怀好意的施舍。

叶公好龙

叶公子高①好龙，钩②以写龙，凿③以写龙，屋室雕文以写龙。于是天龙闻而下之，窥头于牖④，施尾于堂。叶公见之，弃而还走，失其魂魄，五色无主⑤。是叶公非好龙也，好夫似龙而非龙者也。

【注释】

①叶公子高：春秋时楚国贵族沈诸梁，封地在叶（今河南叶县），名子高。

②钩：古代衣服上的带钩。

③凿：通“爵”，一种古代饮酒器。

④牖（yǒu）：窗户。

⑤五色无主：形容因恐惧而神色不定。五色，人脸上的神采。无主，无法主宰。

叶公好龙

【解读】

这则寓言故事出自《新序·杂事五》。《新序》的作者是西汉学者刘向。《新序》的主要内容为历史故事类编，大多是从早期哲学或历史著作中摘录后加以转述或直接照抄而成，以讽刺政治为目的，原本共三十卷，今仅存十卷。

这则寓言故事是说，叶公子高喜欢龙，他的衣带钩、酒器上都刻着龙的图案，居室里的装饰也雕镂着龙。天上的真龙听说叶公如此喜欢龙，便从天上下凡到叶公家中。龙头从窗台向内探去，龙尾则伸到了厅堂中。叶公看见眼前的真龙，吓得失魂落魄，转身逃走了。由此看来，叶公并不是真的喜欢龙，或者说他喜欢的不是真的龙，只是一些刻画着龙图案的器物而已。

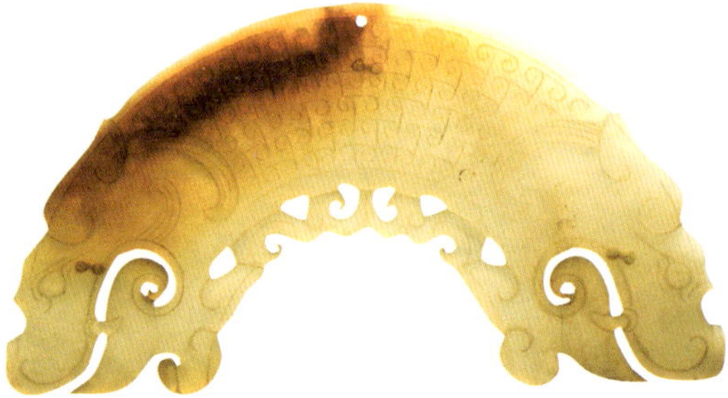

双龙首玉璜（战国）

“叶公好龙”这个故事在《新序》中，实际上是孔子的弟子子张所讲的。鲁国的鲁哀公经常标榜自己渴望人才、重视贤才。子张听说鲁哀公爱才之名，便从很远的地方来到鲁国，请求拜见鲁哀公，想要在鲁国施展自己的政治抱负。可是他在鲁国住了七天，也没等到鲁哀公的召见。原来鲁哀公的“爱才”只是口头上说说而已，对子张早已忘到脑后去了。子张非常失望，在离开鲁国前给鲁哀公的车夫讲了这个“叶公好龙”的故事。他是用叶公来讽刺表里不一的鲁哀公。所以，“叶公好龙”这个成语就是用来讽刺只会唱高调、名不副实的人和作风的。

也有人认为，仅就这则寓言来说，故事里叶公的表里不一也许不是出自主观意愿。他从没见过真龙，对龙的认识仅限于文字的记载和各种绘画、雕刻图案，对龙产生了一种盲目崇拜，而没有认识到真龙的威严、狞厉、气势汹汹。真龙出现时，叶公的想象被打破，他才会仓皇逃走。从这个层面上说，对于自己并不熟悉的人、事、物，应该避免盲目的崇拜和迷恋，而应该多角度地去了解其真面目，这样才能做出客观的判断。

螳螂捕蝉

园中有树，其上有蝉。蝉高居悲鸣饮露，不知螳螂在其后也；螳螂委身曲附欲取蝉，而不知黄雀在其傍①也；黄雀延颈欲啄螳螂，而不知弹丸在其下也。

【注释】

①傍：身旁，身边。

【解读】

这则寓言故事出自《说苑·正谏》。《说苑》的作者为刘向，又名《新苑》，主要内容为春秋战国时期至汉代的逸闻轶事，以记述诸子言行为主，一些篇章蕴含治国安民、家国兴亡的哲理格言。

这则寓言故事讲的是，蝉在院中大树的高处鸣叫，喝着树叶上的露水。一只螳螂正蹲在蝉的身后，身体紧贴在树干上，弯着前腿

年画：螳螂捕蚱蜢图

螳螂是肉食性昆虫，被称作昆虫界的老虎，以各类昆虫和小动物为食。

想要去捉它。同时，一只黄雀正在螳螂的身后，依附在树干上，伸着脖子想要用嘴啄螳螂。这时候地上的一个人正拿着弹弓，想要射杀黄雀。

这个故事在当时的背景是，吴王想要发兵攻打楚国，大臣们都认为攻打楚国虽然胜算很大，但其他国家很可能会在此期间乘虚而入，那吴国的后果将不堪设想。可吴王态度很坚决，甚至对大臣们说："谁再敢来劝阻我，我就处死谁！"吴王身边有个年轻的侍从，连续三天一大早就拿着弹弓在王宫后花园里走来走去，衣服都被露水打湿了，也全不在意。吴王发现了，问他为什么早晨跑到花园里来，少年就给吴王讲了这个螳螂捕蝉的故事，最后说道："蝉、螳螂、黄雀三者都只盯着眼前的利益，却没有回头看到身后的祸患啊。"吴王想了想说："你讲得对！"接着，就放弃了攻打楚国的计划。

"螳螂捕蝉，黄雀在后"的成语就是由这个寓言故事引申而来，意在讽刺和告诫那些贪婪而且目光短浅的人，不要只看到眼前的一点利益，就迫切地想要占为己有，而不做长远打算，最后很有可能会因小失大，酿成惨剧。

择人而树

阳虎①得罪于卫，北见简子②曰："自今以来，不复树人③矣。"简子曰："何哉？"阳虎对曰："夫堂之上，臣所树者过半矣；朝廷之吏，臣所立者亦过半矣；边境之士，臣所立者亦过半矣。今夫堂上之人，亲却臣于君；朝廷之吏，亲危臣于法；边境之士，亲劫臣于兵。"简子曰："唯贤者为能报恩，不肖④者不能。夫树桃李者，夏得休息，秋得食矣；树蒺藜⑤者，夏不得休息，秋得其刺焉。今子之所树者，蒺藜也，非桃李也。自今以来，择人而树之，毋已树而择之。"

【注释】

①阳虎：春秋后期鲁国人，一名阳货，本是季孙氏的家臣，后跻身卿大夫之列，成为鲁国第一权臣。

择人而树

②简子：即赵简子（？—前476），春秋时晋国赵氏的领袖，原名赵鞅，以大夫的身份执掌晋国国政，开改革变法之先河。
③树人：举荐、提拔人才。
④不肖：不成材，品德败坏。
⑤蒺藜：又名白蒺藜、屈人等，一年生草本植物，果实亦称“蒺藜”，有刺，为草场有害植物。

【解读】

这个寓言出自《说苑·复恩》。

阳虎在卫国获罪，逃到了北边的晋国，投奔执掌晋国政权的赵简子。他对赵简子说：“从现在开始，我再也不提拔和栽培人才了。”

赵简子问：“为什么？”

阳虎答道："如今堂上的重臣、朝廷里的官吏，还有驻守边疆的将领，有一半以上的人都是我栽培提拔上来的。可是现在，堂上的那些人离间国君与我的关系，朝廷里的官吏在众人面前诋毁我，驻守边疆的将领甚至领兵来追捕我！"

赵简子说："只有贤德的人才懂得知恩图报，品行败坏的人是做不到的。就好像栽种桃树和李树的人，夏天有树荫可以休息，到了秋天就有果实可以品尝了。而那些栽种蒺藜的人，不仅夏天无法在树下休息，而且到了秋天也只能收获蒺藜的刺。你之前所栽培的就都是蒺藜啊。从今往后，你应该先选择品行好的人，再加以提拔，而不要提拔培养完后再来选择好坏。"

这个故事中，阳虎抱怨那些受过自己提拔和恩惠的人，不仅不知道心存感激，而且恩将仇报。而赵简子则一针见血地指出，这个结局实际上是阳虎自己造成的。阳虎在当初举荐和提拔人才的时候，完全没有考查其人的品格德行，就像自己种下了蒺藜，然后再来埋怨蒺藜无法为人提供树荫和甜美的果实，不是太可笑了吗？这个道理放到今天也同样适用。一些知名的跨国集团，都将雇员的人品看得比才能更为重要。因为一个人的能力可以培养和锻炼，但是品德与人格却很难在工作过程中培养。而如果让智商高、能力强但道德败坏的人身居高位，则有可能断送一个企业乃至一个国家。

枭逢鸠

枭①逢鸠，鸠曰："子将安之？"枭曰："我将东徙。"鸠曰："何故？"枭曰："乡人皆恶我鸣，以故东徙。"鸠曰："子能更鸣②，可矣；不能更鸣，东徙犹恶子之声。"

【注释】

①枭：猫头鹰。
②更鸣：改变鸣叫的声音。

【解读】

这篇寓言出自西汉刘向所著的《说苑·谈丛》。

一只猫头鹰遇到斑鸠，斑鸠问道："你这是要飞去哪里？"猫头鹰回答说："我要迁移到东边去。"斑鸠问："为什么呢？"猫头鹰说："这里乡间的人都讨厌我的叫声，所以我才要搬到东边

《桃鸠图》赵佶（北宋）

去。”斑鸠说：“你如果能改变自己的鸣叫声，搬去那里还是可以的，但要是改不了叫声，那你迁到东方也仍旧会有人讨厌你的鸣叫声啊。”

这篇寓言模拟了猫头鹰与斑鸠的对话，十分生动。猫头鹰叫声刺耳，令人不快，又因其常在夜间出没，自古就被人视为奸诈、黑暗、死亡、不祥的象征。猫头鹰因为鸣叫声被人厌恶而想要搬家，但是搬家并不能解决它的问题。这个风趣的故事借斑鸠之口告诉人们一个道理，如果缺乏自知之明，不会发现自己的错误，又找不到问题的症结所在，而一味责怪外部环境和周围的人，是不能解决任何问题的。

相人之友

楚有善相人者①，所言无遗策②，闻于国中。庄王召见而问焉，对曰：“臣非能相人也，能相人之友者也。观布衣者，其友皆孝悌，笃③谨畏令，如此者家必日盛，而身日安，此所谓吉人者也。观事君者，其友皆诚信，有行好善，如此者措事日益，官职日进，此所谓吉臣者也。观人主也，朝臣多贤，左右多忠，主有失，皆敢交争正谏，如此者国日安，主日尊，名声日显，此所谓吉主者也。臣非能相人也，能观人之友者也。”王曰：“善。”其所以任贤使能，而霸天下者，殆遇之于是也。

【注释】

①善相人者：善于给人看相算命的人。相，观察，鉴别。
②遗策：失算。
③笃：忠诚厚道。

【解读】

这则寓言选自《韩诗外传》。《韩诗外传》的作者一般认为是西汉学者韩婴，书中内容是三百多条轶事、道德说教、伦理规范、忠告等各类内容的汇编，一般每条都以一句《诗经》中的诗句作结论，以支持其观点。

本则寓言故事是讲楚国有个人非常善于给人相面。他的论断从没有出现过失误，因而闻名全国。楚庄王听说后召见了他，向他问起看相的事，他回答说："我并不是真的会给人看相，而是善于仔细观察一个人的朋友。给一个普通百姓看相，如果他的朋友都孝敬长辈，尊敬兄长，为人忠厚、恭谨，对律法有敬畏之心，那么，这个人家里一定会越来越富足，他自己也一定会平平安安，这就是所谓的吉人。给侍奉国君的人看相，如果他的朋友都忠诚可信，品行高尚，好做善事，那么他办事也会每日有所进益，官职也会逐渐得到升迁，这就是所谓的吉臣。若是给国君看相，如果他的朝臣大多有德行、有才能，身边的侍从都忠心耿耿，君王一旦有过失，都争相提出正直的劝告，那么国家就会日益安定，君王也会愈加受到尊崇，名声日益显赫，这就是所谓的贤主。"楚庄王听后，连连称赞他说得好。于是楚庄王从此更加礼遇和重用有品德和才能的贤士，终于成为春秋五霸之一。

这篇寓言讲的是朋友圈对一个人的影响。俗话说："近朱者赤，近墨者黑。"直接观察一个人的言谈举止来判断他的品行和性格，往往会有失偏颇，而通过观察他交往的朋友，参照物就多了，从而更容易得出接近事实的结论。楚国这位相士通过相友来推测人的前程，的确有其独到之处。同时，这个故事也提醒我们，要重视朋友的选择，因为朋友圈的气场往往会对一个人的习惯、好恶产生潜移默化的影响。"益者三友，友直，友谅，友多闻。"多与正直、宽容、智慧的朋友交往，在提升自我的同时，也是为自己的前程选定了正确的方向。

屠牛吐辞婚

齐王厚送女①，欲妻屠牛吐②，屠牛吐辞以疾。其友曰："子终死腥臭之肆而已乎？何谓辞之？"吐应之曰："其女丑。"其友曰："子何以知之？"吐曰："以吾屠知之。"其友曰："何谓也？"吐曰："吾肉善，如量而去苦少耳③。吾肉不善，虽以他附益之，尚犹贾不售④。今厚送子，子丑故耳。"其友后见之，果丑。

【注释】

①厚送女：为女儿准备丰厚的嫁妆。
②屠牛吐：名叫吐的以杀牛为业的屠夫。
③如量而去苦少耳：如数全部售出，买肉的还嫌肉给得少。
④贾（gǔ）不售：卖不出去。

屠牛吐辞婚

【解读】

这则寓言故事出自《韩诗外传》。

齐国国君为了让女儿出嫁，愿意陪送丰厚的嫁妆。他想要把女儿嫁给杀牛的名吐的屠夫。吐借口身体有病，推辞了这桩婚事。他的朋友认为他很傻，吐却道出了其中原因——齐王的女儿很丑。他的朋友不相信。吐用自己杀牛卖肉的经验告诉他的朋友，如果所卖的肉质好，很快就会全部卖完，买肉的还嫌肉少。相反，如果肉质不好，即使搭上别的东西，也不会有人愿意买。齐王送出丰厚的嫁妆，由此可知他的女儿长得很丑。后来他的朋友见到了齐王的女儿，果然相貌很丑。

齐王身为一国之君，把自己的女儿下嫁给一个屠夫，而且还要陪送丰厚的嫁妆，这件事十分反常。而反常的事发生，往往都是有内情的。屠牛吐没有被王女和嫁妆所迷惑，而是从自己屠牛卖肉的经验出发，分析类推出齐王嫁女真正的原因。故事提醒人们，不要一味贪图轻易可得的利益，而要学会分析表象之下的内在因素，这样才能避免吃亏。

曲突徙薪

客有过①主人者，见其灶直突②，傍有积薪，客谓主人，更为曲突，远徙③其薪，不者，且有火患。主人嘿然④不应。俄而家果失火，邻里共救之，幸而得息。于是杀牛置酒，谢其邻人，灼烂者在于上行，余各以功次坐，而不录言曲突者。人谓主人曰：“乡使听客言，不费牛酒，终亡火患。今论功而请宾，曲突徙薪亡恩泽，焦头烂额⑤为上客邪？”主人乃寤而请之。

【注释】

①过：拜访。

②直突：笔直、不拐弯。

③徙：搬走，搬开。

④嘿（mò）然：不说话的样子。嘿，同“默”。

⑤焦头烂额：烧焦了头部，灼伤了额头。现多用来比喻狼狈窘迫，或用来形容忙得不知如何是好。

【解读】

这则寓言故事出自《汉书·霍光传》。《汉书》的作者班固（32—92），字孟坚，扶风安陵（今陕西咸阳东北）人。他善文能诗，出身儒学世家，受父亲班彪的影响研究历史。汉建武三十年（54）开始，他在父亲班彪所著《史记后传》的基础上撰写《汉书》，共历时二十多年。《汉书》是继《史记》之后我国古代又一部重要史书，为“前四史”之一。

班固像

此则寓言故事讲，有一个人在朋友家做客，看到主人家炉灶上的烟囱是直的，灶边还堆积着柴草，便对主人说：“应该把烟囱改成弯曲的，再把柴草放得离炉灶远一点，不然很容易发生火灾。”主人听了没有当回事。不久，这家果然失火，邻居们一同来救火，幸好最后把火扑灭了。为了答谢邻居，主人杀牛置办酒席，请被火烧伤的人坐在上席，其余的按照功劳排定座次，但唯独没有邀请最初提出建议的那位客人。有人对主人说：“当初你如果听了那位客人的话，现在也不用破费摆酒了，也不会发生火灾。现在为什么提建议的客人没有受到答谢，而被烧伤的人却成了上宾呢？”主人这才醒悟过来，连忙去邀请那位客人。

这个故事给人的启示是，做事要有先见之明，防患于未然，事先做好预防措施，永远都比灾祸发生后再补救要简单有效。同时，还应善于听取他人的意见，积极改进，以免造成损失。“曲突徙薪”这个成语就是由这则寓言故事引申而来，比喻事先采取措施，防止危险的发生。

周人不遇

昔周人有仕①数不遇②，年老白首，泣涕于途者。人或③问之："何为泣乎？"对曰："吾仕数不遇，自伤年老失时，是以泣也。"人曰："仕奈何不一遇也？"对曰："吾少年之时，学为文，文德成就，始欲仕宦，人主好用老。用老主亡，后主又用武。吾更为武，武节④始就，武主又亡。少主始立，好用少年，吾年又老。是以未尝一遇。"仕宦有时，不可求也。

【注释】

①仕：谋求官位。
②遇：机遇，指得到了君主的赏识和任用。
③或：某人，有的人。
④武节：武功，武略。

【解读】

这则寓言故事出自《论衡·逢遇》。《论衡》是唯物主义的哲学文献，大约成书于汉章帝元和三年（86），共八十四篇，是我国历史上一部不朽的无神论著作。《论衡》的作者王充（27—97），字仲任，会稽上虞人（今属浙江）。他是东汉哲学家、思想家、文学批评家，为无神论者。

本则寓言故事是说，周国有个人一生多次想要当官，却始终没有得到赏识，直到年老鬓发斑白。他十分难过，在路上哭了起来。路人经过，问他为何哭泣，他说自己年少时苦读经史，积累了很多学识，颇有文才，想要出仕为官，不料当时的君王喜欢任用年长的人。这个君主去世之后，继位的君王又喜欢任用武士，周人便去学武艺，谁知刚刚有所成就，好武的君王却去世了。现在新立的君王喜欢任用年轻人，而自己已经老了。

《论衡·逢遇》是解释仕宦遭遇的文章，作者在文中指出，一个人能否做官、官阶的高低，并不取决于他才能和品德的高下，而要看他能否投合君主的好恶和利益。这篇故事的最后，作者也感叹道，当官是有时运机遇的，不可强求。所以说，周人一生求官而未能如愿，不仅是他个人的悲剧，也是他所处的那个时代的悲剧。

鸡犬皆仙

淮南王学道，招会天下有道之人，倾一国之尊，下道术之士。是以道术之士，并会淮南，奇方①异术②，莫不争出。王遂得道，举家升天，畜产皆仙，犬吠于天上，鸡鸣于云中。此言仙药有余，犬鸡食之，并随王而升天也。

【注释】

①奇方：方剂学名词，这里指奇妙的丹方。
②异术：指法术。

【解读】

这则寓言故事出自《论衡·道虚》。

淮南王刘安学习道术，召集、款待天下有道术的高人。因此，许多有道术的高人，都聚集在淮南王的家中，争先献出各种奇异

鸡犬皆仙

的方术。经过众人的传授，淮南王终于得道成仙，全家升天，连家中的禽兽也都位列仙班，狗可以在天上吠，鸡可以在云中鸣叫。这是因为淮南王的仙药有剩余，狗和鸡吃下后，都随他一起升天了。

作者在《论衡·道虚》中引用这个故事，原意是要论证这一类仙道传说的荒诞不经。据史书记载，淮南王刘安为人颇有学识，

《炼丹》画像砖（东汉）
炼丹即在丹炉中烧炼矿物，制造仙丹，是道教中的道术之一。

治国有道，而且礼贤下士，使淮南国都寿春成为文人聚集的文化中心。刘安还崇尚道家思想，迷恋神仙方术，召集方士炼丹以求长生。不过他人生的结局并不是升天成仙，而是被汉武帝以叛逆谋反的罪名派兵剿杀，最后自尽而亡。

成语“一人得道，鸡犬升天”就是由这则寓言故事引申而来，比喻一个人升官发财，和他有关系的人也因此得势。在封建帝制的时代，一人升官、全家得势的事非常常见，可以说是合法合理。千百年来，当官就能想要什么有什么，这种想法深深植入了人们的观念之中。直到今天，我们依然在同这种落后观念和丑恶现象进行斗争。“当官”不仅是从事一个职业，更是一份责任，而绝不是为自己和亲友谋取非法利益的资本。

大鱼吞钓

子思①居卫，卫人钓于河，得鳏鱼②焉，其大盈车。子思问之曰："鳏鱼，鱼之难得者也。子如何得之？"对曰："吾始下钓，垂一鲂③之饵，过而弗视也；更以豚④之半体，则吞之矣。"子思喟然叹曰："鳏鱼难得，贪以死饵；士虽怀道，贪以死禄矣。"

【注释】

①子思：孔子的嫡孙，名孔伋，字子思，是战国初期著名的思想家。
②鳏鱼：鳡鱼。
③鲂：一种淡水鱼类，外形与鳊鱼相似，银灰色，腹部隆起。
④豚：河豚鱼，学名"河鲀"，体呈圆筒形，身长30厘米左右。

【解读】

这则寓言故事出自《孔丛子·抗志》。《孔丛子》成书于汉代，作者存疑。书中主要记述孔子及其后人子思、子上、子高、子顺、子鱼（即孔鲋）等人的言行，共七卷。

此则寓言故事讲的是，子思居住在卫国，有一个卫国人在河边钓到了一条鳏鱼，大得可以装满一辆马车。子思问钓鱼的人是如何钓到的。钓鱼的人说自己开始下钩的时候，用一条鲂鱼做诱饵，鳏鱼完全不上钩。后来，他把鱼饵换成了半条豚鱼，鳏鱼很快就游过来把鱼饵吞下去了。子思听后感叹，鳏鱼因为自己的贪心而上钩，如同有学识的人虽然懂得道义，却因贪婪而葬身于俸禄之中一样。

这篇寓言故事提醒人们，尤其是为官之人，要警惕自己对于官禄钱财的贪婪。古往今来，大小贪官数不胜数。这些贪官中，不乏饱学之士，虽满怀道德文章，但是面对各种诱惑时却难以自控，从小财贪起，一步步陷入泥潭。这些人对于财富的渴求越来越难以满足，再加上怀有侥幸的心理，不顾道德、法律和舆论的约束，最后终于坠入法网、身败名裂。

魏晋南北朝寓言

魏晋南北朝时期（二二〇至五八九）的寓言故事哲理性、文学性和数量均不及前代，但也不乏优秀作品。在一些志怪小说、轶事小说、史书、佛经中多有出现。这一时期的寓言故事以嘲讽性寓言为主，用讽刺、夸张的手法，嘲讽了某些人物，形式偏向于笑话。

截竿进城

鲁有执长竿入城门者，初竖执之，不可入，横执之，亦不可入，计无所出。俄有老父至曰：“吾非圣人，但见事多矣，何不以锯中截而入？”遂依而截之。

【解读】

这则寓言故事出自《笑林》。《笑林》的作者为邯郸淳（约132—221），字子叔，颍川（今河南禹县人）。三国魏文学家、书法家。《笑林》一书内容主要是一些诙谐戏谑的故事，是我国最早的笑话专著，对后世相关著作影响很大。共三卷，原书已佚，今仅存二十九则。

这个寓言故事讲的是，有一个鲁国人拿着长长的竿子，想要进入城门。他先后把长竿竖立起来、横过来拿着，都没能进入城门，无计可施。一会儿有一个路过此处的老人对他说：“我不是

截竿进城

圣贤之人，但是我这么大年岁，见过的事情比你多。你为什么不用锯子把长竿从中间截断，再进城呢？”那个鲁国人为了能进入城门，就听了老人的话将长竿子截断了。

实际上执长竿者如果把竖直的长竿放倒，便可以轻易通过城门了。这则寓言故事讽刺了只会墨守成规，以及自作聪明、乱指挥的人。执长竿者在尝试了不同的方法后，仍旧没能进城，于是便选择放弃。他做事不经思考，不知变通，思维僵化。而提出截断长竿的“老父”，虽然帮助执长竿者解决了进城问题，却并没有考虑到长竿截断后也许就变成一堆废品，毫无用处。现实生活中的一些人如同寓言中的“老父”，常常倚仗自己的年龄和经验，乱出主意，不顾实际情况，结果往往会弄巧成拙。

此外，这则寓言故事也警示后人，一些看似无法解决的问题，只要换一个角度去思考，很有可能轻易化解。

汉人煮箦

汉①人有适吴。吴人设笋，问是何物，语曰：“竹也。”归煮其床箦②，而不熟，乃谓其妻曰：“吴人轹辘③，欺我如此！”

【注释】

①汉：地名，今陕西南部。
②箦（zé）：竹席。
③轹辘（lì lù）：车子的轨道，借指诡道，因“轨道”谐音“诡道”。

【解读】

这则寓言故事出自《笑林》。

汉地有个人到吴地去。吴地的人用竹笋做菜来招待他。他不认识竹笋，就问：“这是什么东西？”吴地人回答说：“这是竹子。”他品尝之下，觉得味道十分鲜美。回家后，他便拿起床上的竹席放到锅里去煮，可是煮了很久也煮不烂。于是他生气地对

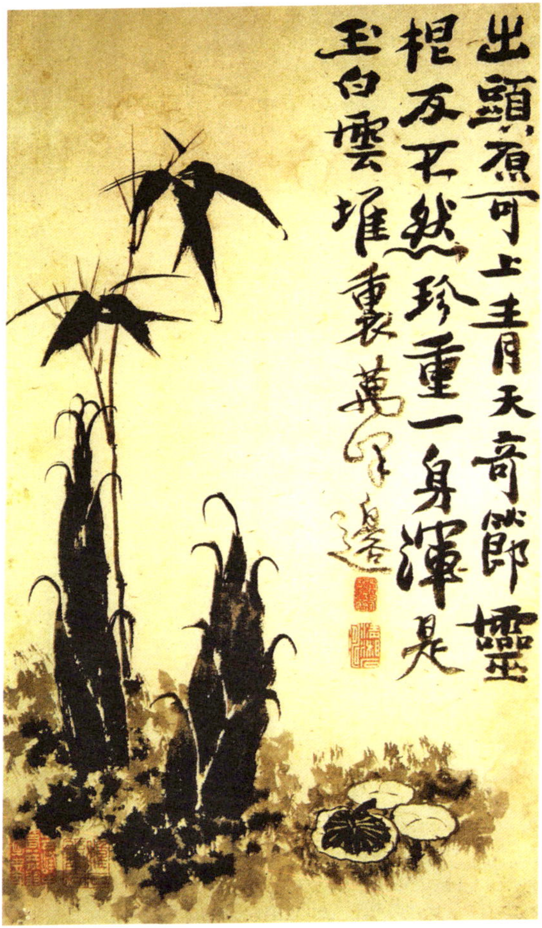

《笋竹图》原济（清）

妻子说：“吴地人真是狡诈啊，竟然如此欺骗我！”

这个笑话里的汉人吃了竹笋，就把家里的竹席拿去煮，对于自己不了解的东西，刚刚听到只言片语，有了一知半解，也不深入研究调查，就自以为是地鲁莽行事，所以毫无疑问地碰了钉子。他碰了钉子之后，不仅不懂得反省，反而去埋怨别人欺骗了他，这种思维方式无疑只能令他在无知的道路上越走越远。

一毛不拔

一猴死，见冥王①，求转人身，王曰：“既欲做人，须将毛尽拔去。”即唤夜叉②拔之。方拔一根，猴不胜痛叫。王笑曰：“看你一毛不拔，如何做人？”

【注释】

①冥王：佛教传说中掌管死后世界的神，又称阎罗王。
②夜叉：佛教传说中一种吃人的鬼。

【解读】

这则寓言故事出自《笑林》。

有一只猴子进入地府后见到冥王，请求冥王让他转世时可以做人。冥王说如果想要做人，就必须把身上的毛拔干净。夜叉刚刚动手拔去猴子身上的一根毛，猴子就忍不住痛苦而大叫。冥王笑着说：“你一毛不拔，如何做人？”

一毛不拔

这个笑话运用了“双关”的手法来达到引人发笑的目的。前面的故事铺陈，全为引出冥王的这一句“一毛不拔，如何做人”。成语“一毛不拔”最早出自《孟子·尽心上》：“杨子取为我，拔一毛而利天下，不为也。”意思是，杨朱奉行“为我”“重己”的思想，即使是拔一根汗毛就能有利于天下人的事，他也是不干的。后来，一毛不拔常用来形容一个人非常吝啬、自私。在这则笑话的最后，冥王所说的“一毛不拔”，明指猴子连拔一根毛都受不了，又暗指人世间吝啬、自私的人；“如何做人”明指猴子无法转世为人，实际上讲的是一个极度吝啬、自我中心的人，在社会上很容易被孤立，是很难立足的。

一叶障目

楚人贫居，读《淮南子》：“得螳螂伺蝉自障叶，可以隐形。”遂于树下仰取叶，螳螂执叶伺蝉，以摘之。叶落树下，树下先有落叶，不能复分别。扫取数斗①归，一一以叶自障，问其妻曰：“汝见我不②？”妻始时恒答言“见”，经日，乃厌倦不堪，绐③云：“不见。”嘿然大喜，赍④叶入市，对面取人物。吏遂缚诣县。县官受辞，自说本末，官大笑，放而不治。

【注释】

①斗：容量单位，10升等于1斗。
②不（fǒu）：通“否”，用于句末表示疑问。
③绐（dài）：古同“诒”，欺骗，哄骗。
④赍（jī）：带着。

【解读】

这则寓言故事出自《笑林》。

楚国有个人家中非常贫穷。他在读《淮南子》时看到书上记载：要是有人能得到螳螂在捕蝉时用来遮住自己身体的那片树叶，就可以隐形。于是他跑到一棵树下，仰起头来寻找，果然找到了一片螳螂在捕蝉时用来遮蔽自己的树叶。他刚要伸手摘下来，结果一不小心，那片树叶飘落到树下。树下原本就有不少落叶，那片树叶落下来与其他的混在一起，无法辨认。那个人索性将树下的落叶全部扫起来，收了好几斗，抱回了家。回家后，他把那些落叶一片一片地拿起来遮住眼睛，问妻子："你还能看得见我吗？"一开始，妻子还实话实说："能看见。"后来，折腾了一整天，妻子又累又烦，就随口骗他说："看不见了！"这人一听心中大喜，把那片树叶揣在怀里就跑到了闹市。他举着树叶，以为自己已经隐形了，大大咧咧地当面拿别人的东西，结果被官差当场捉住，捆起来押送县衙。县官审问他的时候，他把这件事原原本本说了出来。县官听了哈哈大笑后就把他放了，并没有治他的罪。

这个故事中的楚国人竟然愚蠢到相信用一片叶子挡住眼睛，别人就看不到自己，这当然是十分可笑的。其实在现实生活中，很多人都犯过类似的错误，只看到一个人、一件事的某一个局部或片段，就自以为是地妄下结论，做出错误的决策，结果只能是闹出笑话，甚至造成难以挽回的损失。故事的目的是告诫人们，应该将眼光放远，尽量全面、客观地看待和评价人、事、物，尤其是在影响到自己重要决定的方面，更要避免"一叶障目"。

对牛弹琴

公明仪①为牛弹《清角》②之操，伏食如故，非牛不闻，不合其耳矣。转为蚊虻之声，孤犊之鸣，即掉尾奋耳，蹀躞③而听。

【注释】

①公明仪：战国时鲁国著名的音乐家。
②《清角》：古代雅曲名。
③蹀躞（dié xiè）：迈着小步而行。

【解读】

这则寓言故事出自《弘明集·理惑论》。《弘明集》的作者为僧祐（445—518），俗姓俞，建业（今江苏南京）人，是南朝梁僧人、律学大师。他授经讲律，门徒众多，深受梁武帝敬重，著作有《出三藏记集》《弘明集》《释迦谱》等。《弘明集》撰于天监年间（502—519），共十四卷，收录了东汉末年至南朝梁期间的论文、书信、诏令、奏表等佛教文论，是我国佛教史上第一部护法弘教的文献汇编。

这则寓言故事讲的是公明仪善弹琴，有一次对着牛弹奏了一曲古雅的《清角》。可那头牛无动于衷，继续趴着吃草。于是，公明仪转而演奏像嗡嗡的蚊蝇声、小牛犊的叫声，这时原本还在吃草的那头牛听到琴声，便摇着尾巴、小步走起来，还竖着耳朵仔细地倾听。

《对牛弹琴图》（局部）石涛（清）

对着牛演奏古雅悠扬的琴曲，牛当然是听不懂的；如果以琴音模拟牛所熟悉的声响，牛就会有所反应。这个故事实际上是要告诉人们，说话要考虑对象，做事要讲求方法。想要给小孩子讲清深刻的道理，或者想要向外行人介绍专业知识，不是不可能，只是要使用他们能理解的语言，选择他们熟悉的角度。一味嘲笑和埋怨对方愚蠢，无法理解自己所传达的信息是否合适，这样的傲慢与偏见并不能解决任何问题。就像故事所传达的，方式选对了，连牛都有可能听琴起舞。

成语“对牛弹琴”就是由这则寓言引申而来，比喻对愚蠢的人讲深刻的道理，或对外行人说内行话，就是白白浪费时间；也用来讥笑人说话不看对象。

唵米决口

昔有一人，至妇家舍，见其捣米，便往其所，偷米唵①之。妇来见夫，欲共其语，满口中米，都不应和。羞其妇故，不肯弃之，是以不语。妇怪不语，以手摸看，谓其口肿，语其父言：“我夫始来，卒②得口肿，都不能语。”其父即便唤医治之。时医言曰：“此病最重，以刀决之，可得差耳！”即便以刀决破其口，米从口出，其事彰露。

【注释】

①唵（ǎn）：把颗粒状、粉末状的东西塞进嘴里。
②卒（cù）：同“猝”，突然。

【解读】

这则寓言故事出自佛教经典《百喻经》。《百喻经》全称《百句譬喻经》，是以寓言的方式来宣扬佛教教理的一部故事集，作者是古天竺的僧人伽斯那，由南朝萧齐时期天竺三藏法师求那毗地翻译。原书包含一百篇譬喻故事，现存九十八篇。

这则寓言故事讲的是，有一个人和妻子去丈母娘家，看见丈母娘在家捣米，就偷了一把米含在嘴里。妻子要和他说话，可他却支支吾吾，又觉得难为情，因此不肯吐出来，于是就索性不说话。妻子以为他的嘴肿了，不能说话。她的父亲便叫来医生替他治疗。医生用刀割开了这个人的嘴，米就从嘴里漏出来，偷米的事就暴露了。

这篇寓言的主人公先是贪念一闪，偷偷把米含在嘴里。之后他的妻子来找他的时候，如果他肯坦白，还不至于造成什么实质性的损失。但是由于难为情，他一直不肯开口，直到最后被刀子划破了嘴巴，想要掩饰的事情还是暴露出来。在现实生活中，人们也常常因为一念之差犯下各种过错，有的人懂得勇敢面对，及时修正，承担责任，把损失减小到最低；也有的人为了自我掩饰，不得不再撒更大的谎，犯更多的错，直到局面难以控制。这两种对待过错的方式，孰高孰低，明眼人应该不难判断。

医与王女药令卒长大

昔有国王，产生一女，唤医语言：“为我与药，立使长大。”医师答言：“我与良药，能使即大。但今卒无，方须求索。比得药顷，王要莫看。待与药已，然后示王。”于是即便远方取药。经十二年，得药来还，与女令服，将示于王。王见欢喜，即自念言：“实是良医，与我女药，能令卒长。”便敕左右，赐以珍宝。

【解读】

这则寓言故事出自《百喻经》。

从前有一位国王得到一个女儿，他十分高兴，希望医生能够给他的女儿吃可以立刻长大成人的药。医生回答说有这种药，但要到很远的地方去寻找。在找到药之前，国王不能见自己的女儿。过

医与王女药令卒长大

了十二年，医生佯装寻到了这种药，回来后给国王的女儿服用，然后带她去见国王。国王十二年后第一次见到自己长大的女儿，十分高兴，认为这位医生是位神医，赏赐给他许多珍宝。

这个寓言的原意是讽刺一些学佛的人，刚入佛门就想得到成佛的秘诀，不愿意坐禅与修行，想要马上得道。而就这个故事而言，令一个婴儿一夜长大本是不可能的事，而医生利用了国王的愚妄，成功骗得了大量财宝。这说明，硬要别人去做实际上办不到的事，最后得到的只能是虚假的结局。同时，也说明任何事情的成功都需要经过一定的努力和时间，不能一蹴而就。

欲食半饼

譬如有人，因其饥故，食七枚煎饼。食六枚半已，便得饱满。其人恚悔，以手自打，而作是言：“我今饱足，由此半饼。然前六饼，唐①自捐弃，设知半饼能充足者，应先食之。”

【注释】

①唐：空，徒然。

江南小吃：糖薄脆饼

【解读】

这则寓言故事出自《百喻经》。

有一个人肚子很饿，一口气吃了七块煎饼，吃到第六块半时，便感觉饱了。他感到十分后悔，并责打自己。因为他认为只要吃半个饼就饱了，前面的六个饼因

摊煎饼图

此被白白浪费了，自己假如一开始就知道这样，就应该先吃那半个饼。

这则寓言故事讽刺了那种只重结果、不重过程的人。有因才有果，不能只看到眼前的一点成绩，就忽视以前所有的努力。参天大树是由一颗种子长成的，一个人的成长也是如此，今天的成功或失败，与此前的努力与否息息相关。从哲学的角度讲，这个故事揭示了量变与质变的辩证关系。任何事物发生质变之前都要经过一个累积的量变过程，不能只看到最后的结果而抹杀以前的累积过程。

刘道真戏谑

晋刘道真遭乱，于河侧与人牵船，见一老妪操橹，道真嘲之曰：“女子何不调机弄杼①，因甚傍河操橹？”女答曰：“丈夫何不跨马挥鞭，因甚傍河牵船？”又尝与人共饭素盘草舍中，见一妪将两小儿过，并着青衣，嘲之曰：“青羊引双羔。”妇人曰：“两猪共一槽。”道真无语以对。

【注释】

①调机弄杼：指在织布机上织布。

【解读】

这则寓言故事出自《启颜录》。《启颜录》成书于隋代，是一部志人小说集，也是继《笑林》之后又一部重要的笑话集，具有较强的现实性。《启颜录》的作者为侯白（生卒年不详），字君素，隋代魏郡临漳（今属河北）人。据李大师编撰的《北史》记载，他“好学有捷才，性滑稽，尤辩俊”。

这则寓言故事讲的是，晋朝时人刘道真遭遇动乱，只能靠在河边给人拉船维持生计。有一天，他看到有位老妇人在这里为人摇船，就开口嘲讽道：“女人家怎么不回家织布，而要到河上来摇船呢？”那位老妇人听后答道：“大男人为什么不骑马挥鞭，建立功业，而要到河边来拉纤呢？”又有一次，刘道真在一间茅屋里，与一个人共用一个盘子吃饭，看见一个老妇领着两个孩子从门前走过，三人穿的都是黑色衣裳，他便讥讽道：“这是一只黑羊牵着两只小羊羔啊。”那位老妇人反唇相讥道：“两头猪共用一个食槽。”刘道真无言以对。

这个故事中的刘道真是个读书人，具有读书人常见的傲慢，自以为高人一等。所以他看到撑船摇橹的女人、全身穿黑的老妇与孩子，就忍不住要嘲弄一番，以显示自己的高明。这其实是非常刻薄、失礼而愚蠢的行为。故事中的两位妇人偏偏智商和情商都很高，听到刘道真的嘲讽，既没有恼羞成怒，也没有忍气吞声，而是很快从刘道真本人的处境现状中找到回击的点，以其人之道还治其人之身，让嘲弄别人的人自取其辱。

故事实际上是要告诫人们，对世人要常存一份体谅与悲悯之心。如果不是生活和情势所迫，哪个老妇人会情愿抛头露面，以为人摇橹为生呢？又有谁会愿意一家人都穿着黑衣服呢？看到这样的情景，首先想到的不是这两位妇人有多么艰难，多么值得同情，而是去嘲弄她们，刘道真被后面那位妇人讥为“两猪共一槽”，真是再恰当不过。

杯弓蛇影

乐广字修辅，迁河南尹，尝有亲客，久阔①不复来，广问其故，答曰："前在坐，蒙赐酒，方欲饮，忽见杯中有蛇，意甚恶之，既饮而疾。"于时河南②听事③壁上有角弓④，漆画作蛇。广意杯中蛇即角影也。复置酒于前处，谓客曰："酒中复有所见不？"答曰："所见如初。"广乃告其所以，客豁然意解，沉疴⑤顿愈。

【注释】

①久阔：长久分别，未得相见。
②河南：指河南郡，晋朝郡名，在今河南省北部黄河两岸一带。
③听事：官府中办理政事的厅堂，亦作"厅事"。
④角弓：使用动物的角、筋制作的弓。
⑤沉疴：久治不愈的重病。

杯弓蛇影

【解读】

这则寓言故事出自《晋书·乐广传》。《晋书》成书于唐太宗时期，今存一百三十卷，主要记载了自三国时期司马懿早年至东晋恭帝元熙二年（420）刘裕废晋帝自立的这段历史。

这则故事讲道：乐广字修辅，在河南郡做官。一个原来非常亲密的朋友时隔很久来他家做客。乐广问朋友很久没来的原因，朋友说："前些日子来您家做客，蒙您给我酒喝。我正端起酒杯要喝的时候，看到杯子里有一条小蛇，心里特别害怕，但还是碍于情面喝了那杯酒，回去之后就得了重病。"他们当时喝酒的厅堂墙上挂着一张角弓，弓上有漆画的蛇的图案。乐广猜想，杯中的蛇一定是弓的影子。于是，他在上次二人饮酒的地方再次请那位朋友饮酒。朋友拿起酒杯后，乐广问道：“你的酒杯里是不是又有什么东西？”朋友说：“是啊，有条小蛇，跟上次看到的一样。”于是乐广给朋友解释了其中的原因，那个朋友听完后，心情顿时豁然开朗，久治不愈的病也马上就痊愈了。

古代弓箭

这则寓言故事讽刺了那些因为自己的想象而受到惊吓的人。乐广的朋友因为怀疑杯中有蛇，因此得了病。当乐广重新演示了一遍当时的情形，客人了解了之后，便豁然开朗，病也就好了。这位客人并没有喝下有蛇的酒，他的病是一种心病。所谓“心病还须心药来医”，乐广针对病因，采取了相应措施，对症下药，治好了朋友的病。

成语“杯弓蛇影”或“蛇影杯弓”就是由这则寓言故事引申而来，比喻疑神疑鬼，自相惊扰，结果不过是虚惊一场。当人们遇到不确定的情形时，要深思熟虑，或者寻求他人的帮助，庸人自扰的做法丝毫无益于事情的解决。

千万买邻

宋季雅罢①南康郡②，市宅居僧珍③宅侧。僧珍问宅价，曰："一千一百万。"怪其贵。季雅曰："一百万买宅，千万买邻。"

【注释】

①罢：被免官。
②南康郡：魏晋时期郡名，在今江西赣州一带。
③僧珍：吕僧珍，南朝齐、梁间的名士，颇得梁武帝信用。

【解读】

这则寓言故事出自《南史·吕僧珍传》。《南史》为纪传体正史，共八十卷，含本纪十卷，列传七十卷，记述了自宋武帝刘裕永初元年（420）至陈后主陈叔宝祯明三年（589）之间，南朝宋、齐、梁、陈四国共一百七十年的历史。

故事说的是宋季雅被免去南康郡的职务后，特地买下了吕僧珍私宅旁边的一幢房屋。吕僧珍问他房子的价钱，宋季雅回答说花了一千一百万。吕僧珍觉得房价太过昂贵了。宋季雅说自己买房子只花了一百万，那一千万是用来买好邻居的。

吕僧珍，字元瑜，东平范县（今河南省范县）人，世居广陵（今江苏扬州）。他年少好学，为人端正，颇有才干。梁武帝很欣赏吕僧珍，任命他为关南衰州。吕僧珍到任后，不徇私情，秉公办事。他的一个亲戚想要结束原来的小本买卖，到他这里谋取一官半职，最后却被他说服回去做自己的生意。他的住宅前有一处官舍，有人建议他拆除官舍，扩建自己的住宅，却被他严词拒绝。吕僧珍廉洁奉公的高尚品德，受到了世人的称颂。宋季雅因为仰慕吕僧珍的人品和才学，所以宁可花费巨资购买与吕为邻的房屋，也许房屋本身价值不到百万，但是一个好邻居对他来说却是无价之宝。这个故事令人联想起孟子的母亲为了挑选好邻居，带着年幼的孟子多次搬家的故事。环境对人的影响是不可低估的，良好的生活环境，不仅包括宽敞的房屋、优美的风景、便利的设施，更重要的是比邻而居的人的素质。

唐宋寓言

唐宋时期（六一八至一二七九）的寓言故事较前代发展更为成熟，形成了一种独立的文学样式，语言风格更加丰富，形象更加生动，思想性和艺术性都很高。这一时期的寓言故事往往运用比喻、夸张、拟人等手法，借助动物、植物或相关事例，在叙述故事的基础上加以评论，深刻批判社会现实，阐述做人道理，具有很强的启示、教育意义。

井中捞月

昔有五百猕猴，游行林中。俱至大树下，树下有井，井中有月影现。时猕猴主见是月影，语诸伴曰：“月今日死，落于井中，当共出之，莫令世间长夜暗冥。”共作议言：“云何能出？”时猕猴主言：“我知出法。我捉树枝，汝捉我尾。展转相连，乃可出之。”时诸猕猴，即如主语，展转相捉。树弱枝折，一切猕猴堕井水中。

【解读】

这则寓言故事出自《法苑珠林·愚戆篇·杂痴部》。《法苑珠林》的作者为唐代僧人道世（？—683）。此书是其根据唐代律僧道宣（596—667）所著的《大唐内典录》和《续高僧传》编集而成的，共一百卷，概述了佛教思想、术语、法数等，是我国重要的佛教文献之一。

这则寓言故事讲的是，五百只猕猴在一棵大树下的井中看到

井中捞月

月亮的倒影，以为月亮掉在井里要淹死了。大家一起商议有什么办法能捞出月亮，这时猕猴首领说：“我抓住树枝，你抓住我尾巴，就这样手尾相连，就可以把月亮捞出来了。”众猕猴按照首领的话一个个倒吊相连起来，想去捞月亮，结果树枝一下子折断了，所有的猴子都掉进了井中。

这则佛经寓言的本意是讽刺愚痴的人将虚假的幻影当作真实，并心生贪念去追逐它，结果招致灾祸。“水中捞月”这个成语现在用来告诫人们，在认清事实的真相之前，不要被表面现象所迷惑，轻易做出行动。

哀溺文

永[1]之氓[2]咸善游。一日，水暴甚，有五六氓乘小船绝[3]湘水。中济[4]，船破，皆游。其一氓尽力而不能寻常。其侣曰：“汝善游最也，今何后为？”曰：“吾腰千钱，重，是以后。”曰：“何不去之？”不应，摇其首。有顷，益怠。已济者立岸上，呼且号曰：“汝愚之甚，蔽之甚，身且死，何以货为？”又摇其首。遂溺死。

【注释】

①永：永州，即原湖南零陵地区。
②氓：通“民”，百姓。
③绝：渡过，越过。
④济：渡，过河。

【解读】

柳宗元像

这则寓言故事出自《柳河东集》。《柳河东集》的作者柳宗元（773—819），字子厚，河东（今山西省永济县）人，因此也被称作“柳河东”，又因他曾出任柳州刺史，并卒于柳州，世人又称其为“柳柳州”。他是唐代著名诗人、散文家，唐宋八大家之一。《柳河东集》又称《柳柳州集》，是柳宗元的诗文集著作，主要内容有诗文、寓言故事、山水游记、传记等。书中的寓言故事是在先秦诸子散文中的寓言片断的基础上扩展而成，结合了当时丰富的社会内容，具有深刻的哲理性和强烈的现实性。

故事讲的是，永州一地的百姓都擅长游泳。有一天河水暴涨，有五六个人乘着小船横渡湘江。船在江中突然漏了，船上的人跳进水里奋力游向对岸。其中一个人因为腰上缠着很多钱，使尽全力也游不动。他的同伴劝他把钱丢掉，他却始终没有这样做。没过多久，他的同伴都顺利地游到对岸，他却淹死了。

“哀溺”意为哀叹溺水者。在这则寓言故事中，擅长游泳的人因为贪恋钱财最终溺死在水中。作者讽刺了世上爱财如命的人就像那个要钱不要命的游泳之人一样，若不醒悟回头，最后必然会被名利所累，葬身其中。

黔之驴

黔[1]无驴，有好事[2]者船载以入。至则无可用，放之山下。虎见之，庞然大物也，以为神。蔽林间窥之，稍出近之，慭慭[3]然，莫相知。他日，驴一鸣，虎大骇，远遁[4]，以为且噬[5]己也，甚恐！然往来视之，觉无异能者，益习其声，又近出前后，终不敢搏。稍近，益狎[6]，荡倚冲冒，驴不胜怒，蹄之。虎因喜，计之曰：“技止此耳！”因跳踉大㘎[7]，断其喉，尽其肉，乃去。噫！形之庞也，类有德；声之宏也，类有能。向不出其技，虎虽猛，疑畏，卒不敢取。今若是焉，悲夫！

【注释】

①黔：唐代黔中道，包括现湖南西部、四川东南部、湖北西南部和贵州北部一带。

黔之驴

②好事：喜欢多事。
③慭（yìn）慭：小心谨慎的样子。慭，谨慎、恭敬。
④遁：逃避，躲闪。
⑤噬：咬，吞。
⑥狎（xiá）：态度亲近而不庄重。
⑦㘎（hǎn）：老虎的吼叫声。

【解读】

这则寓言故事出自《柳河东集》。

黔地本来没有驴，有一个喜欢多事的人用船把一头驴运到了此地。运到之后，他发现驴没有什么用处，就把它放在一座山下。山中的老虎看到这个庞然大物，把它当成了神。老虎躲藏在树林里偷偷观察着驴，小心翼翼地接近驴。刚开始老虎十分害怕驴的叫声，生怕驴会吃掉自己。慢慢地，它熟悉了驴的叫声，而且发现驴并没有其他什么特殊本领，于是逐渐靠近它，试着碰撞、挑衅驴子。驴子气得用蹄子踢老虎，结果老虎发现驴子的能耐不过如此，于是跳起来咬断了它的喉咙，把它吃掉了。

在这故事的结尾处，柳宗元感慨道：驴子看上去身形高大、声音洪亮，似乎很有本事。它如果不显摆它那点儿可怜的本事，老虎虽然勇猛，但心怀疑惧，终究还是不敢吃它。驴子落得如此下场，真是悲哀！

从驴子的角度来看，这个故事提醒人们，如果没有真才实学，或者实力不够强大，就不要虚张声势，因为伪装出来的华丽表象总有被拆穿的一天。而站在老虎的立场，不难总结出一个道理，面对阵势大、派头足的对手，不要轻易被他的声势吓倒。因为看似强大的敌人往往外强中干，只要冷静观察和分析，认清其本质，发现其弱点，做好充分准备，一定有机会取得胜利。

成语“黔驴技穷”就是由这则寓言故事引申而来，比喻有限的一点技能也已经用完，讽刺那些虚有其表的人。

临江之麋

临江之人畋①得麋麑②，畜之。入门，群犬垂涎，扬尾皆来。其人怒。怛③之。自是日抱就犬，习示之，使勿动，稍使与之戏。积久，犬皆如人意。麋麑稍大，忘己之麋也，以为犬良我友，抵触偃④仆，益狎。犬畏主人，与之俯仰甚善，然时啖其舌。三年，麋出门，见外犬在道甚众，走欲与为戏。外犬见而喜且怒，共杀食之，狼藉道上。麋至死不悟。

【注释】

①畋（tián）：打猎。

②麋麑（mí ní）：小麋鹿。麋，麋鹿，俗称“四不像”，是我国一种珍贵的稀有兽类。哺乳动物，体型比牛大，毛色为淡褐色。雄鹿有角，其角像鹿，尾巴像驴，蹄子像牛，颈部像骆驼。麑，幼鹿。

③怛（dá）：惊吓，呵斥。

④偃：仰面倒下，放倒。

麋鹿（图片提供：微图）

【解读】

这则寓言故事出自《柳河东集》。

临江有一个人，出门打猎时捉到一只小麋鹿，把它带回家饲养。他家里的狗想要吃掉小麋鹿，他便恐吓它们，并且每天抱着小麋鹿去靠近狗，让它们熟悉彼此，在一起玩耍。时间长了，狗也都知道了主人的意愿。小麋鹿逐渐长大，把狗当作自己真正的朋友，时常一起玩耍。狗因为十分害怕主人，表面上对麋鹿十分友善，暗地却时常舔舌，想要吃掉麋鹿。三年之后，走出家门的麋鹿把路上的野狗当成朋友，想要和它们一同玩耍。野狗看见麋鹿非常兴奋，扑上来就把它吃掉了。

寓言中的麋鹿至死不悟自己被杀的原因，是因为它忘记了自己的本性，在养尊处优的情况下认敌为友，把自己推向了危险的境地。由此可见，人贵有自知之明。正所谓“物以类聚，人以群分”，每个人要充分认识自己的本性、特点，选择与自己相类似的人做朋友，这样才不会因立场不同而产生矛盾。

永某氏之鼠

永有某氏者，畏日，拘忌异甚。以为己生岁直子，鼠，子神也，因爱鼠，不畜猫犬。禁僮勿击鼠。仓廪①庖厨②，悉以恣③鼠，不问。由是鼠相告，皆来某氏，饱食而无祸。某氏室无完器，椸④无完衣，饮食大率鼠之余也。昼累累与人兼行，夜则窃啮斗暴，其声万状，不可以寝，终不厌。数岁，某氏徙居他州，后人来居，鼠为态如故。其人曰："是阴类恶物也，盗暴尤甚。且何以至是乎哉？"假五六猫，阖门，撤瓦灌穴，购僮罗捕之，杀鼠如丘，弃之隐处，臭数月乃已。呜呼！彼以其饱食无祸为可恒也哉！

【注释】

①仓廪：粮仓。收藏谷物的场所称作“仓”，储藏米的场所称作“廪”。
②庖厨：厨房。
③恣：放纵，无拘束。
④椸（yí）：衣架。

【解读】

这则寓言故事出自《柳河东集》。

永州一地有个人怕犯日讳，拘泥于日辰禁忌。他认为自己出生那年恰逢地支属子，即鼠年。鼠是这一年的生肖神，因而他十分爱护老鼠，禁止仆人捕杀老鼠，也不养猫狗，因此老鼠可以随便出入这人家里的粮仓、厨房。结果家里的老鼠越来越多，衣服、食物都被老鼠破坏了。老鼠每天啃咬、打斗的声响不断，让人夜不能寐，但他却始终都不觉得厌烦。几年之后，他把这处房子卖

生肖鼠剪纸

永某氏之鼠

给了别人，那些老鼠依然如故。然而新主人却非常讨厌老鼠，不仅弄来猫，用热水浇灌老鼠洞，还雇佣童仆捕捉老鼠。被杀死的老鼠堆积起来像小山丘一样，腐烂的臭味几个月之后才消散。

作者借“饱食而无祸”的老鼠来讽刺封建剥削阶级丑恶的人情世态，揭露了一些官僚纵恶逞凶、猖獗一时的丑态，也比喻小人得志虽能嚣张一时，但始终不能长久。

而对比前后两任屋主的作为可知，对恶势力一味地妥协、退让，只会让他们得寸进尺，让自己的利益遭受越来越严重的损失，必须当机立断，采取行动对抗，捍卫自身利益。

卖油翁

陈康肃公尧咨①善射，当世无双，公亦以此自矜②。尝射于家圃③，有卖油翁释担而立，睨④之，久而不去。见其发矢十中八九，但微颔之。康肃问曰："汝亦知射乎？吾射不亦精乎？"翁曰："无他，但手熟尔。"康肃忿然曰："尔安敢轻吾射！"翁曰："以我酌油知之。"乃取一葫芦置于地，以钱覆其口，徐以杓酌油沥之，自钱孔入，而钱不湿。因曰："我亦无他，惟手熟尔。"康肃笑而遣之。

【注释】

①陈康肃公尧咨：陈尧咨（970—1034），宋代官员，字嘉谟，谥号康肃。
②矜：自尊，自大，自夸。
③圃：指种植菜蔬、花草、瓜果的园子。
④睨：斜着眼睛看。

【解读】

欧阳修像

这则寓言故事出自宋代文学家欧阳修的《欧阳文忠公文集·归田录》。欧阳修（1007—1072），字永叔，号醉翁、六一居士，谥文忠，吉州吉水（今属江西）人，北宋文学家、史学家，唐宋八大家之一。《欧阳文忠集》是欧阳修的文集，又称《欧阳文忠公文集》《欧阳永叔集》《欧阳文忠公集》，共一百五十三卷，收录了其诗、词、散文等文学作品，其诗作流畅自然，词作婉丽，散文说理畅达、抒情委婉。

故事说的是康肃公陈尧咨擅长射箭，射技举世无双，因此常常自夸。他在自己家的菜园中练习射箭时，一个卖油翁站在一旁观看，看到他射出的箭十有八九都会命中，但只是微微地点点头。陈尧咨质问卖油翁是否认为自己的射箭技艺不够精湛。卖油翁认为陈尧咨不过是手法比较熟练罢了，并向他展示了自己倒油的技巧。卖油翁找来一个葫芦，把一枚铜钱放在葫芦嘴上，用木勺向里倒油，油从铜钱的孔流入葫芦，铜钱却没有沾到一滴油。

这个故事告诉人们，任何高超的技艺，都是可以通过反复的研究和练习而达到熟练的程度的，并不是天赋神赐、高不可攀。同时，任何一种技艺想要达到高超的水平都不容易，都要经过反复的钻研和实践。所以以自己的技术去傲视别人的技术，或者以自己的专业去轻视其他的专业，都是不尊重他人的表现，而往往最后会自取其辱。

成语“熟能生巧”就是由这则寓言故事引申而来，比喻熟练之后就会找到窍门。

陈述古祠钟

陈述古密直①知建州浦城县②日，有人失物，捕得莫知的为盗者。述古乃绐③之曰："某庙有一钟，能辨盗，至灵。"使人迎置后阁祠之。引群囚立钟前，自陈："不为盗者，摸之则无声；为盗者，摸之则有声。"述古自率同职祷钟甚肃。祭讫④，以帷围之，乃阴使人以墨涂钟。良久，引囚逐一令引手入帷摸之，出乃验其手，皆有墨，惟有一囚无墨，讯之，遂承为盗。盖恐钟有声，不敢摸也。

【注释】

①陈述古密直：陈襄（1017—1080），字述古，侯官（今福建福州）人，宋庆历年间进士，枢密院直学士。密直，枢密院直学士的简称。

②建州浦城县：今福建浦城县。
③绐（dài）：古同“诒”，欺骗，欺诈。
④讫：结束。

【解读】

沈括像

这则寓言故事出自沈括《梦溪笔谈·权智》。沈括（1031—1095），字存中，号梦溪丈人，浙江杭州钱塘县（今浙江杭州）人，北宋科学家、政治家。《梦溪笔谈》是一部笔记体百科全书式著作，成书于11世纪末，共三十卷，内容涉及天文、数学、物理、化学、生物等各个学科门类。此书的自然科学部分总结了北宋及先代的科学成就，具有重要的历史意义。英国科学史家李约瑟评价此书为“中国科学史上的里程碑”。

故事讲的是，陈述古在任建州浦城县知县的时候，有一户富人家的东西被盗了，他派人抓住了几个嫌疑人，但不确定谁才是真正的小偷。于是，陈述古就说某处寺庙中的大钟非常灵验，能够分辨出谁是小偷。他让这些人摸大钟，如果是小偷，用手摸钟就会发出声音。陈述古还煞有介事地亲自率领衙役们向大钟祷告。祭祀完毕后，他命人用帷幕把大钟围起来，让这些人分别把手伸进去摸大钟，然后检查每个人的手。结果每个人都双手漆黑，只有一个人的手很干净。原来陈述古暗地派人把大钟表面涂上墨汁。这个手上没有墨汁的人就是小偷，因为他害怕摸大钟会发出声音，所以没敢去摸。

真正的小偷对陈述古的话信以为真，害怕自己被暴露，就自

陈述古祠钟

作聪明地没有去触摸大钟，结果反而因此被抓，这就是俗话说的：聪明反被聪明误。陈述古深通罪犯心理，巧妙地利用罪犯害怕被识破的恐惧心理，制造一种神秘的环境，迫使罪犯自我暴露。他的做法没有经过繁琐的调查取证，却不战而屈人之兵，直接找出了真正的盗贼。作奸犯科的人，往往心存侥幸，想要凭借一点小聪明逃过法网，正所谓“做贼心虚”，然而总会露出马脚。

好大说者

公孙龙①见赵文王②，将以夸事眩之③。因为王陈“大鹏九万里”“钓连鳌”④之说。文王曰：“南海之鳌，吾所未见也，独以吾赵地所有之事报子。寡人之镇阳，有二小儿，曰东里，曰左伯，共戏于渤海之上。须臾，有所谓鹏者，群翔于水上，东里遽入海以捕之，一攫⑤而得。渤海之深，才及东里之胫⑥。顾何以贮也，于是挽左伯之巾以囊焉。左伯怒，相与斗之，久不已。东里之母，乃拽东里回。左伯举太行山掷之，误中东里之母，一目眯⑦焉。母以爪剔出，向西北弹之，故太行中断；而所弹之石，今为恒山也。子亦见之乎？”公孙龙逡巡丧气，揖而退。弟子曰：“嘻，先生持大说以夸眩人，宜其困也。”

【注释】

①公孙龙：字子秉，战国时期名家的代表人物，擅长辩论。
②赵文王：战国时期赵国的君主赵惠文王，名何，公元前298—前266年在位。
③以夸事眩之：以夸夸其谈来向他炫耀一番。
④钓连鳌：上古传说，渤海东面有五座仙山，经常随波漂动，天帝用15只大鳌轮番将其顶住，才固定下来。后来有龙伯国巨人在海中一次钓上6只鳌。
⑤攫：抓取。
⑥胫：小腿。
⑦昧：眼睛模糊不明。

【解读】

苏轼像

这则寓言故事出自《艾子杂说》。相传《艾子杂说》的作者为苏轼。苏轼，字子瞻、和仲，号东坡居士，眉州眉山（今四川眉山）人，北宋著名文学家、书画家、散文家，豪放派词人代表，唐宋八大家之一。《艾子杂说》是一部笑话集成，共三十九则，明代《顾氏文房小说》中有全文收录。

这则寓言故事说的是，公孙龙求见赵惠文王，想要用夸夸其谈来向他炫耀一番，便讲述了大鹏展翅九万里、龙伯国巨人连钓六鳌之类的故事。惠文王听完，也给公孙龙讲了一个故事：在赵国的属地镇阳有两个小孩，一个叫东里，一个叫左伯，他们一起在渤海边玩耍。过了一会儿，忽然一群大鹏飞来，在海面上翱翔。东里急忙纵身跳到海里去捉，一伸手就捉住了一只。渤海那么深，还没到东里的小腿。东里想找个东西把鹏鸟装起来，就顺手扯过左伯的头巾，把鸟包上了。左伯非常生气，和东里打了起来，很久都没有停下来。东里的母亲走过来，想把东里拉回家，谁料左伯一手举起太行山扔过去，不小心打中了东里的母亲，打得她一只眼被灰土迷住了。她用指甲把土块山从眼窝里抠出来，随手向西北方向弹去。所以从那以后太行山就从中断开了，被弹出的那土块就是今天的恒山。先生你想必也见过吧？”

公孙龙听了赵王的话，垂头丧气，慌忙作了一揖就走了。他的弟子们都说：“先生一向喜欢说大话向人炫耀，这一回受窘也是活该啊。”

故事里，公孙龙想用浮夸的大话来迷惑赵王，结果却被赵王用更为夸张的大话回敬，自己反而陷入尴尬窘迫的境地。这个寓言的寓意就是告诫世人，说话做事都应实事求是，不要说大话、吹牛皮。《管子》里曾经说：“言不得过其实，实不得过其名。”南宋理学大家朱熹说：“大言不惭，则无必为之志，而不自度其能否也。欲践其言，其不难哉！”鲁迅也说过：“大话不宜讲得太早，否则，倘有记性，将来想到会脸红。”说大话不止自己会脸红，如果身居高位的人讲话浮夸，很快便会失去下属和群众的信任，或者做出错误的决策，造成严重的后果。

富人之子

齐有富人，家累千金。其二子甚愚，其父又不教之。一日，艾子谓其父曰：“君之子虽美，而不通世务，他日曷①能克②其家？”父怒曰：“吾之子敏而且恃多能，岂有不通世务者耶？”艾子曰：“不须试之他，但问君之子，所食者米，从何来？若知之，吾当妄言之罪。”父遂呼其子问之。其子嘻③然笑曰：“吾岂不知此也？每以布囊取来。”其父愀④然改容曰：“子之愚甚也！彼米不是田中来？”艾子曰：“非其父不生其子。”

【注释】

①曷（hé）：怎么。

②克：胜任。

③嘻：嬉笑的样子或声音，指不严肃。
④愀（qiǎo）：脸色改变，多指脸色变得悲伤或严肃。

【解读】

这则寓言故事出自《艾子杂说》。

齐国有一个富人，家财万贯。但是，他的两个儿子却都非常愚笨，他又不教导他们。艾子对这个富人说："您的儿子虽然很好，但对社会事务一点也不懂，日后怎么能主持家业？"富人很不服气，觉得自己的儿子聪明又有才能。艾子让富人问自己的儿子平时吃的米饭是从哪里来，如果他们知道，就承认是自己造谣。结果一问之下，两个儿子说米饭是从布袋里来的。富人听后气得脸色都变了："你们也太愚蠢了！米饭不是从农田里来的吗？"艾子感叹道："不是这样的父亲，也生不出这样的孩子啊。"

富人养尊处优，四体不勤，五谷不分，米从何处来这样简单的问题，儿子不知道，父亲也说不清。据记载，这则寓言其实出自北宋权相蔡京家中的一件真事。蔡京的子孙从小锦衣玉食，不知稼穑。有一天，蔡京开玩笑问他们："你们每日吃饭，跟我说说米从何处而来。"其中一人回答道："是从米臼里出来的。"蔡京大笑。另一人又说："不对，我看见米是从席子里出来的。"原来大米是用席子包裹着运来的。作者写这篇寓言的用意，就是讽刺批评那些不通世务、好吃懒做、愚昧无知的高官贵族。而对于今天的父母来说，教育孩子尤其应该重视书本以外的知识，体验真实的社会生活，参与力所能及的劳动，更有利于培养孩子的自理能力和良好的生活习惯，有助于孩子一生的健康成长。

眇者识日

生而眇①者不识日，问之有目者。或告之曰："日之状如铜盘。"扣盘而得其声。他日闻钟，以为日也。或告之曰："日之光如烛。"扪烛而得其形。他日揣籥②，以为日也。日之与钟、籥亦远矣，而眇者不知其异，以其未尝见而求之人也。

【注释】

①眇（miǎo）：双眼失明。
②籥（yuè）：一种形状像笛子的古代乐器。

【解读】

这则寓言出自北宋文学家苏轼的散文《日喻》。据元代学者傅藻（1321—1392）所著《东坡纪年录》一书记载，此文作于北宋元丰元年（1078），苏轼时任徐州知州。

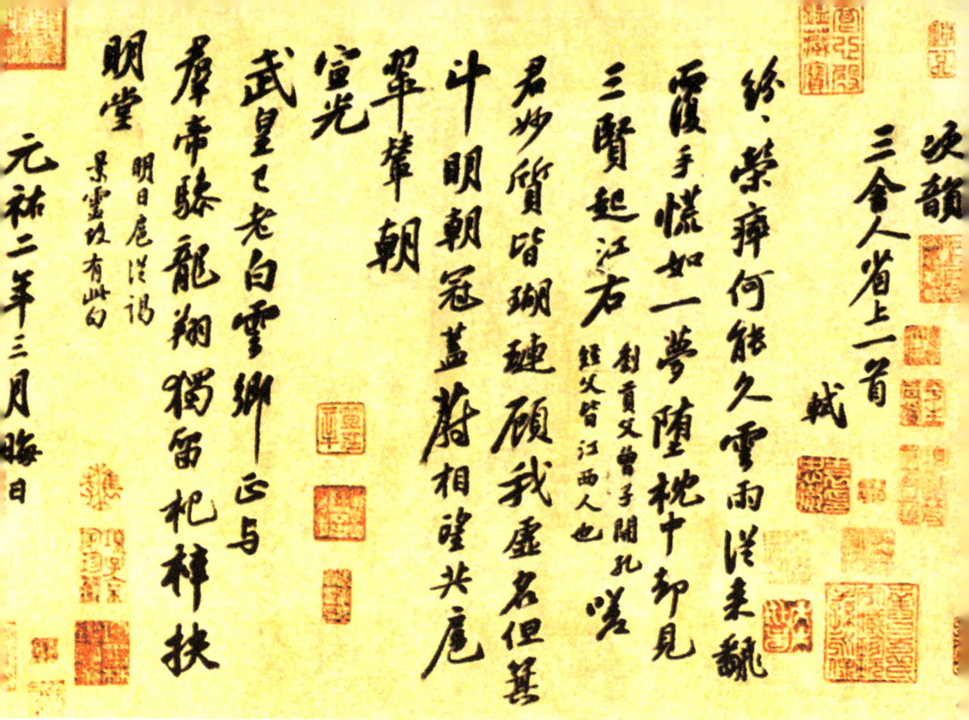

《次韵三舍人省上诗帖》苏轼（宋）

文中写道：从前，有一个人天生双目失明，从来没有见过太阳。他问其他人太阳长什么样。有人告诉他太阳好似一个铜盘，于是他轻敲铜盘发出了咚咚的声音。此后，他听见钟声，便以为那就是太阳。又有人告诉他太阳的光就像蜡烛，于是他用手摸了摸蜡烛。有一天，他拿到一支乐器籥，便以为那就是太阳。而太阳和钟、籥相差甚远，这位盲人单纯地按照他人的描述去简单判断，结果都是错的。

这个寓言故事旨在说明，人对知识的理解和掌握来源于感性的直接经验。如果撇开感性经验而单靠间接经验，就会像盲人那样单凭别人的描述，再加以臆测、杜撰，往往容易产生认知上的混淆，闹出“闻钟以为日”“扪烛以为日”的笑话，可谓“差之毫厘，谬以千里”了。

痴人说梦

僧伽①龙朔中②游江淮间，其迹甚异。有问之曰："汝何姓？"答曰："姓何。"又问："何国人？"答曰："何国人。"李邕③作碑，不晓其言，乃书传曰："大师姓何，何国人。"此正所谓对痴人说梦耳。

【注释】

①僧伽：梵语，即"僧"，和尚。此处指一位法号僧伽的唐代西域高僧。
②龙朔中：唐代龙朔年间，龙朔是唐高宗的年号（661—663）。
③李邕：李北海（678—747），唐代书法家。

【解读】

这则寓言故事出自北宋名僧惠洪的《冷斋夜话》。惠洪（1071—1128），一名德洪，字觉范，自号寂音尊者，北宋诗僧。此书共十

痴人说梦

卷，主要论诗，间杂传闻琐事，体例介于笔记与诗话之间，多通过引述诗句提出并阐述一些诗歌理论。

这则寓言故事说的是，唐代龙朔二年（662），有一位僧人到长江、淮河一带云游，他的行为举止看起来十分怪异。有人问他：“你姓什么？”他回答：“我姓何。”人又问：“何国人？”他又回答：“何国人。”和尚死后，书法家李邕为他作碑文，因不懂他所说话中的意思，只好根据他的回答写道：“大师姓何，何国人。”这件事被后人当作笑话，认为和尚就像对着痴人说梦，而痴人竟会信以为真。

故事中的僧伽为唐代西域高僧，又称“泗州大圣”“大圣菩萨”，为江苏南通狼山广教寺的开山祖师。他从别迭里山口东行至中国，游历各地，传教布法，曾在江淮一代治水抗灾、医病救人。相传，僧伽为观世音菩萨的化身，唐代时的观音像多为男相，即以僧伽容貌为模本。唐代诗人李白作有《僧伽歌》一诗：

真身法号号僧伽，有时与我论三车。
问言诵咒几千遍，口道恒河沙复沙。
此僧本住南天竺，为法头陀来此国。
戒得长天秋月明，心如世上青莲色。
意清净，貌棱棱，亦不减，亦不增。
瓶里千年舍利骨，手中万岁胡孙藤。
嗟于落魄江淮久，罕遇真身说空有。
一言警尽波罗夷，再礼浑然犯轻垢。

僧伽对人说自己“姓何”，其实包含着很深的禅意，有“从何处来、到何处去”的意思，体现了佛家禅机。僧伽作此回答原本就好比“对痴人说梦”，而李邕刻碑将此事当真，更成了相信梦话的“痴人”了。

成语“痴人说梦”就是由这则寓言故事引申而来，现用来形容愚昧的人说话荒唐，违背常理，妄说一些完全不切实际或根本办不到的话。

彩绘僧伽像（元）
（图片提供：FOTOE）

赴火虫

林子夜对客，有物粉羽，飞绕烛上，以扇驱之，既去复来，如是者七八，终于焦首烂额，犹扑扑，必期以死，人莫不笑其愚也。予谓声色利欲，何啻①膏火？今有蹈之而不疑，灭其身而不悔者，亦宁免为此虫笑哉？噫！

【注释】

①啻（chì）：仅、只。

【解读】

这则寓言故事出自《田间书》。《田间书》的作者为林昉（生卒年不详），字仲昉，黄岩半岭（今温岭石桥头镇）人，宋末元初诗人，有诗作《题所寓壁》传世。《田间书》篇幅较短，记录了一些语录和几则寓言故事，后世关于此书的记载较少。

《灯台飞蛾》齐白石（近代）

故事中说，有一天夜间林昉与客人坐在林子中交谈，有种长着粉色翅膀的昆虫一直绕着烛火飞舞。人们摇动扇子驱赶，它们却总是飞去又飞回，这样反复了七八次，终于被烧得焦头烂额，掉在地上只能扑扇着翅膀等死。人们都笑虫子的愚蠢。其实，人们对于利禄的渴求，就像这油脂之火一样，而那些投入火中毫不迟疑、丢掉性命犹不知悔的人，不也就像这些虫子一样可笑吗?

这个寓言故事讽刺了那些为了追求功名利禄而不顾一切的人，就像飞蛾一次次扑向灯火一样愚蠢。飞蛾的愚蠢显而易见，古往今来，利欲熏心、不择手段最后自取灭亡的人也不在少数。在讥笑飞蛾和别人的同时，我们也应该时时提醒自己，面对诱惑要保持冷静的头脑，守住道德与法律的底线，千万不要因一时的贪念而悔恨终身。

明清寓言

明清时期（一三六九至一八四〇），尤其是明代后期至清代初期，随着社会矛盾的日益突出，涌现出许多讽刺各种黑暗势力和丑恶现象的寓言。这一时期的寓言吸收了笑话的手法，具有诙谐幽默的特点，其创作出现了一个高潮。

衣冠禽兽

齐西王须善贾海①，出入扶南②、林邑③、顿逊④群峦中，贸迁诸宝。若毒冒⑤、颇黎⑥、火齐⑦、马脑⑧之类，白光煜煜然。遇东风覆舟，附断桅浮沉久之。幸薄⑨岸，被湿行夷阴山中。山幽不见日，常若雨将压地。西王须自分必死，寻岩窦⑩绝气，庶遗齿⑪不为乌鸢饭。未入，猩猩自窦中出，反复视，意若怜之者。取戎叔⑫、雹葖⑬、委萎⑭诸物，指之食。而西王须方馁，甘之。窦右有小洞，栖新毳⑮厚尺余，甚温，让西王须，猩独卧于外。大寒，不自恤。语言虽殊，朝夕嗢咿⑯作声，似慰解状。如是者一年，不懈。忽有余皇度山下。猩急挟西王须出，送之登。及登，则其友也。猩猩犹遥望不忍去。西王须因谓其友曰："吾闻猩血可染罽⑰，经百年不蔫。是兽也腯⑱，刺之可得斗许。盍升岸捕之？"其友大骂曰："彼兽而人，汝则人而兽也！不杀何为？"囊石加颈沉之江。君子曰："负恩忘义，人弗戳，鬼斯戳之矣。西王须之见杀宜哉！"

【注释】

①贾海：进行海上贸易。
②扶南：中南半岛古国，辖境约在今柬埔寨及老挝南部、越南南部和泰国东南部一带。
③林邑：东南亚古国，故地在今越南中部。
④顿逊：东南亚古国，故地在今缅甸丹那沙林。
⑤毒冒：玳瑁。一种动物，甲片可作装饰品，也可以入药。
⑥颇黎：梵语译音，即玻璃，指天然水晶石一类。
⑦火齐：火齐珠，珠宝的一种。一说似珠的石。
⑧马脑：玛瑙，玉髓类矿物宝石的一种。
⑨薄：迫近，靠近。
⑩岩窦：山洞。
⑪遗胔（zì）：遗骸，遗尸。
⑫戎叔：一种豆类植物，因被古代北方游牧民族山戎种植而得名。
⑬雹葖：萝卜。
⑭委萎：又名玉竹，百合科黄精属植物，根茎可作药用。
⑮毳（cuì）：鸟兽身上的绒毛。
⑯嗢咿（wà yī）：象生词，此处形容猩猩的叫声。
⑰罽（jì）：毡、毯一类的毛织物。
⑱腯（tú）：肥壮。

【解读】

宋濂像

这则寓言故事出自明初文学家宋濂的《燕书》。宋濂（1310—1381），字景濂，号潜溪，别号龙门子等，浦江（今浙江浦江）人，明初政治家、思想家。明太祖朱元璋赞誉其为“开国文臣之首”。宋濂与高启、刘基并称为“明初诗文三大家”。《燕书》作于元代末年，是一部寓言专集，共有寓言四十篇。

这则寓言故事说，有一个名叫西王须的齐国人擅长在海上做生意，常来往于扶南、林邑、顿逊的群山之中，买卖各种珠宝。有一次，他的商船遭遇大风沉没了，所幸他攀附着一根折断的桅杆，漂流了很久，终于上了岸。山林幽暗见不到太阳，西王须穿着湿漉漉的衣服在山中行走，以为自己必死无疑，就想找一处岩洞等死。这时，一只猩猩从洞中出来，反复观察他，看他很可怜，就从洞中拿来食物给他吃，还让他在山洞旁边的小洞中休息。猩猩还把自己用的厚绒毛垫让给西王须，自己睡在洞外。虽然人与猩猩的言语不通，但是猩猩对他叫嚷，好像安慰他一样。就这样，西王须和猩猩共处了一年。有一天，猩猩发现一艘船从山下经过，急忙挟着西王须出来，把他送上了船。这艘船上有他曾经的朋友。西王须得救后，对他的朋友说：“猩猩的血可以用来染毛毡，百年不变色，这只猩猩又肥，杀了它可以多得一斗血，咱们上岸去抓那只猩猩吧。”他的朋友对西王须破口大骂：“猩猩是野兽，却还有人性；你是个人，做的却是畜生的事！不杀你还等什么？！”说完，朋友就把装了石头的袋子绑在西王须的脖子上，将他沉入了江底。君子说：“忘恩

衣冠禽兽

负义的人本就该死，死后还会被鬼厮杀缠绕。西王须这种人，真是杀之而后快啊！”

作者以细腻的笔法描绘出猩猩人性的一面：西王须挣扎在生死边缘的时候，猩猩为他提供食物和居所，对他细心照顾，还以自己的方式抚慰他；一发现有船靠岸，猩猩又送他登船，依依不舍。可以说，猩猩的所作所为体现了高尚的人性美和温暖的人情味，许多人类都远远不及。反观被救的西王须，受了猩猩诸多恩惠，还与它朝夕相处了一年，在得救那一刻首先想到的居然是杀掉恩人来牟取暴利，其心肠之歹毒凶残，实在令人心寒齿冷。正如其友所说：“彼兽而人，汝则人而兽也。”人性与兽性的错位，赋予这篇寓言深刻的思想意蕴。人们一般以“衣冠禽兽”这个成语来形容这种外表道貌岸然，却道德败坏、卑鄙狠毒、连禽兽也不如的人间败类。

好利者

晋人有好利者，入市区焉。遇物即攫①之，曰：“此吾可羞②也！此吾可服③也！此吾可资④也！此吾可器⑤也！”攫已即去，市伯⑥随而索其直⑦。晋人曰：“吾利火炽⑧时，双目晕热，四海之物皆若己所固有，不知为尔物也。尔幸与我，我若富贵当尔偿。”市伯怒，鞭之，夺其物以去。旁有哂⑨之者。晋人戟手⑩骂曰：“世人好利甚于我，往往百计而阴夺之，吾犹取之白昼，岂不又贤于彼哉？何哂之有？”

【注释】

①攫：夺取。
②羞：通“馐”，美食。这里作动词，意为吃。
③服：衣服，作动词，穿戴。
④资：财物，作动词，使用。
⑤器：器物，作动词，盛东西。

⑥市伯：管理市场的官吏。
⑦直：通“值”，指买东西应付的钱。
⑧火炽：旺盛，此指迫切。
⑨哂（shěn）：讥笑，嘲讽。
⑩戟手：伸出食指和中指如戟形状指人，常用来形容愤怒的样子。

【解读】

这则寓言故事出自宋濂的《龙门子凝道记》。此书共二卷，二十四篇，是一部寓言体散文集，大多为道家言论。

此故事讲的是，有个晋国人非常喜欢钱财。某天他来到市场上，看到什么东西就去把它夺过来，口中不停地说着：“这个食物我可以吃，这件衣服我可以穿，这个物件我可以用，这个器皿我可以装东西……”他抢完这些东西之后就离开了。管理市场的官吏追上来，让他付钱。晋人说：“我的贪念发作时，只觉两眼发昏，世上所有的东西都好像本来就是我的，完全不知道是别人的东西。这些东西你就给我吧，我以后如果富贵了，一定会还给你的。”官吏一怒之下用鞭子把他打了一顿，把他抢到的东西夺回去了。旁边有人讥笑他，晋人伸出食指和中指指着那人骂道：“世上有人贪图利益比我更厉害，而且往往是千方百计在暗中争夺，我拿别人东西是在光天化日之下，难道不是比他们要强多了吗？为什么还要讥笑我？”

这个故事将贪婪好利之人丑恶、无耻的嘴脸勾勒得淋漓尽致。贪婪，就是对钱财的一种超乎寻常的欲求。与正常的追求相比，人贪婪的欲念通常超过了自身能力所能及的范围，而且没有满足的时候，反而是得到的越多胃口越大。故事中的晋人自己说，在利欲熏心时，两眼昏花，头脑发热，所有的物品好像都是自己的。这种贪婪已经到了近乎病态的程度。正如法国文豪巴尔扎克曾说过的：“贪婪好比一个套结，把人的心越套越紧，结果把理智都闭塞了。”

在受到旁人讥笑的时候，晋人很不服气，认为自己抢在明处，比那些暗中攫取的人要好得多。虽然明抢也是恶行，不能用来为自己脱罪，但晋人的辩解却令人深思。表面上有君子风范，暗地里却贪得无厌、费尽心机的人，与晋人比起来更令人不齿，对社会的危害性也更大，也是我们更应该警惕和仔细辨别的。

《货郎图》佚名（元）

蚁垤

南山之隈有大木，群蚁萃①焉。穿其中而积土其外，于是木朽而蚁日蕃②，则分处其南北之柯。蚁之垤③瘯如④也。一日，野火至。其处南者走而北，处北者走而南，不能走者渐而迁于火所未至，已而俱爇⑤，无遗者。

【注释】

①萃：草丛生貌，引申为聚集。
②蕃（fán）：繁多。
③蚁之垤（dié）：蚂蚁做窝时堆在洞口的小土堆。
④瘯（cù）如：如癣疥一般粗糙不平。
⑤爇（ruò）：焚烧。

【解读】

这则寓言故事出自明初文学家刘基的《郁离子·玄豹》。刘基（1311—1375），字伯温，青田县南田乡（今属浙江省文成县）人。他是元末明初军事家、政治家、文学家，明代开国功臣，深得明太祖朱元璋的倚重，其通经史、晓天文、精兵法，政绩卓著，常被后人比作诸葛亮。《郁离子》是刘基官场失意后隐居故里时所著，是一部寓言体政论散文集，共有十八章。书中的寓言可以说是元末社会现实的缩影，集中反映了刘基的哲学、经济思想和文学成就。

刘基像

此则寓言故事讲的是，南山有一棵大树，一群蚂蚁在此聚集。它们在树干中间挖洞，把渣滓全都堆积在树外，大树变得日益枯朽，而蚁群则日渐昌盛起来，还形成了南北两个支系。有一天，树林里起了大火，居住在大树南边的蚂蚁逃到北面，居住的大树北面的蚂蚁逃到南边，而没能及时逃走的蚂蚁就慢慢移至没有起火的地方。不一会儿大火就把整棵树全都烧了，没有一只蚂蚁幸存下来。

这个寓言中的蚂蚁各踞大树一端，起火以后只知道向对面的方向逃走，却始终没有逃离大树，最后全部覆灭。人类的社会与群居的蚂蚁有不少类似之处，这个故事就是提醒人们防患于未然的道理。也有研究者认为，作者的用意是以内部朽坏的大树比喻黑暗腐朽的元末朝廷，树中的群蚁就像依附朝廷的权贵，而野火指的是方兴未艾的各方反抗力量。一旦时机成熟，反元的力量就会以摧枯拉朽之势结束元朝的统治。

这则寓言故事讽刺了一些奸邪谄媚、贪慕荣华的佞臣和贪官就如同蛀蚀大树的蚂蚁，分帮别派，不仅毁掉了万世基业，而且等到危机来了，就立马站到原本对立的队伍中。但是，无论怎样都改变不了他们丑恶的本质，最终都将接受正义的惩罚。

救虎

苍筤①之山，溪水合流入于江。有道士筑②于其上以事佛，甚谨。一夕，山水大出，漂室庐，塞溪而下，人骑木乘屋，号呼求救者声相连也。道士具大舟，躬蓑笠，立水浒，督善水者绳以俟。人至即投木索引之，所存活甚众。平旦③，有兽身没波涛中，而浮其首，左右盼，若求救者。道士曰："是亦有生，必速救之！"舟者应言往，以木接上之，乃虎也。始则矇矇然④，坐而舐其毛，比及岸，则瞠目眡⑤道士，跃而攫之仆地。舟人奔救，道士得不死而重伤焉。

郁离子曰："哀哉，是亦道士之过也。知其非人而救之，非道士之过乎？虽然，孔子曰：'观过，斯知仁矣。'⑥道士有焉。"

【注释】

①苍筤（láng）：原意为竹子初生时的颜色，这里指代翠竹。
②筑：建造房屋。
③平旦：天刚亮时。
④矇矇然：昏昏沉沉的样子。
⑤眂（shì）：同“视”，看着。
⑥子曰句：出自《论语·里仁》：“人之过也，各于其党，观过，斯知仁矣。”意为看一个人所犯的过错，就可以了解他的为人。

【解读】

这则寓言故事出自《郁离子·救虎》。

在长满竹子的高山上，溪水并流注入长江。有一个道士在这座山上建造了一座寺庙，用来供奉神灵，十分恭敬。一天傍晚，山中暴发洪水，房屋都被洪水冲走了，向下游漂去。灾民有的骑在木头上，有的趴在屋顶上，呼喊求救的声音连续不断。见此情况，道士准备了一只大船，自己身穿蓑衣、头戴斗笠，站在岸边，督促一些会游泳的人用绳索搭救他人。第二天早晨，一只老虎被淹没在洪水中，头露在外面左顾右盼，好像在向人求救。道士认为野兽也是条生命，一定要去救它。老虎得救后，先是昏昏沉沉地舔身上的毛，然后怒目瞪着道士，扑了上去。其他人赶紧跑过去营救，道士虽然没有性命危险，但却因此受了重伤。

作者写这则寓言的用意十分明确，就是批评道士对人和野兽不加分辨，一味滥施慈悲，结果险些丧命的行为。这正如故事最后所说的：“知其非人而救之，非道士之过乎？”引申到处世之道上，就是主张不能对恶人轻易施以同情，一味心软，否则往往会害了自己，甚至害了其他无辜的人。

不过这个故事如果放到今天，道士“是亦有生，必速救之”的观念其实是值得肯定的。只是在救助动物之前，应该事先做好自我防护，而不应贸然行动。

庄子哀饿人

庄子之齐，见饿人而哀①之，饿者从而求食。庄子曰："吾已不食七日矣！"饿者吁曰："吾见过我者②多矣，莫我哀也，哀我者惟夫子。向使夫子不不食，其能哀我乎？"

【注释】

①哀：可怜。
②过我者：从我面前经过的人。

【解读】

这则寓言故事出自《郁离子·玄豹》。

庄子游历到齐国，看见路边饥饿的人，非常可怜他们。有个饿者跟着庄子想要讨口饭吃。庄子说："我也已经七天没吃东西了。"这个人感叹道："从我面前经过的那么多人中，没有人怜

庄子哀饿人

悯我，怜悯我的人只有夫子您啊。如果您不是也在挨饿，还会怜悯我吗？”

寓言故事中的庄子自己也饿了很久，才会对饥饿的路人心生怜悯。一个人如果没有切身体验过当事人的经历和处境，很难对其产生深切的同情和关怀，就如俗话说的：“饱汉不知饿汉饥。”故事提醒人们，与人交往时，应该尽量站在他人的立场和角度去思考问题，体谅他人的难处，顾及他人的感受，这样才能减少矛盾，达成共识。

贾人渡河

济阴①之贾人，渡河而亡其舟，栖于浮苴②之上，号焉。有渔者以舟往救之，未至，贾人急号曰："我济阴之巨室③也，能救我，予尔百金！"渔者载而升诸陆，则予十金。渔者曰："向许百金，而今予十金，无乃不可乎！"贾人勃然作色曰："若，渔者也，一日之获几何？而骤得十金，犹为不足乎？"渔者黯然而退。他日，贾人浮吕梁而下，舟薄于石④又覆，而渔者在焉。人曰："盍救诸？"渔者曰："是许金而不酬者也！"立而观之，遂没。

【注释】

①济阴：郡名，在济水南面，今山东菏泽附近。
②浮苴（chá）：漂浮的枯草。

③巨室：大户人家。
④薄于石：撞在石头上。

【解读】

这则寓言故事出自《郁离子·灵丘丈人》。

济阴有一个商人，渡河时不小心从船上掉了下去，靠在水面的浮草上呼喊求救。有一个渔夫划着船过去救他，还没有到他身边，这个商人就承诺如果渔夫救了自己，就给他一百两金子。渔夫把他拉到船上、载到岸边后，商人却只给了他十两金子。渔夫说："刚才你说了要给我一百两，现在只给了十两，这怎么行！"商人一听，勃然大怒道："你就是个渔夫，一天打到的鱼能卖多少钱？现在一下子得到十两金子，怎么还不知足！"渔人只好阴沉着脸离开了。后来商人顺吕梁河乘舟而下，船触碰到礁石沉没了。他再一次落水，正好又碰到了上次那个渔夫。旁边有人问渔夫："你怎么不去救他？"渔夫回答说："他就是那个答应给我一百两金子却没有兑现的人。"说完，渔夫就站在那儿看着商人在水中挣扎。最后这个商人淹死了。

这个寓言的寓意是，人不可言而无信。故事里的济阴商人就是因为爱惜钱财，不肯向渔夫支付承诺过的酬金，所以当他再次遇险时，渔夫才会袖手旁观，不肯施救。可以说，这个商人的失信行为害自己丢掉了性命。

但是从另一个角度看，渔夫虽然没有拿到商人承诺过的酬金，而且受到了无礼的对待，但是在商人再次落水时选择见死不救，还是很不可取的。商人失信于人，品行有亏，但是其罪并不致死。无论在什么情况下，人的生命都应该是第一位的。为了金钱而拒绝救人，这种狭隘、冷漠的人终究也难逃道德与良心的谴责。

至死不悟

郁离子居山，夜有狸①取其鸡，追之弗及。明日，从者擭其入之所，以鸡②，狸来而絷③焉。身缧④而口足犹在鸡，且掠且夺之，至死弗肯舍也。郁离子叹曰：“人之死货利者，其亦犹是也！”

【注释】

①狸：野猫。
②擭（huò）其入之所：将装有机关的捕兽木笼放在鸡舍入口处。
③絷（zhí）：栓住。
④缧（léi）：捆绑犯人的绳索，此指被绳子捆住。

【解读】

这则寓言故事出自《郁离子·虞孚》。

郁离子的家在山上。夜间，有野猫来偷鸡，他上前追赶，但没追上。第二天，仆人安置了装有机关的捕兽木笼，并用鸡作诱饵，

《猫竹图》沈振麟（清）

以此来诱捕野猫。就在当天晚上，野猫又来偷鸡，被木笼捕获。虽然野猫的身体被缚住了，但嘴和爪子仍然紧紧地抓着鸡。仆人一边打野猫一边想要夺下鸡，野猫到死也不肯放开鸡。

这则寓言故事讽刺了那些贪图利益、至死也不悔改的人。一些人为了钱财利禄而违背道德，甚至触犯法律，终会害人害己，受到应有的处罚。

荆人畏鬼

荆①人有畏鬼者，闻槁叶之落与蛇鼠之行，莫不以为鬼也。盗知之，于是宵窥其垣②，作鬼音，惴弗敢睨也。若是者四五，然后入其室，空其藏焉。或侜③之曰："鬼实取之也。"中心惑而阴然之。无何，其宅果有鬼。由是，物出于盗所，终以为鬼窃而与之，弗信其人盗也。

【注释】

①荆：古代"九州"之一，春秋时期楚国的别称。
②垣（yuán）：矮墙。
③侜（zhōu）：欺骗。

【解读】

这则寓言故事出自《郁离子·麋虎》。

有一个楚国人很怕鬼，听到枯叶落地、蛇鼠爬行的声音，都认

荆人畏鬼

为是鬼。小偷知道他怕鬼，就在夜里跑到他家墙上发出鬼的声音，他吓得都不敢斜眼看一眼。如此四五次后，小偷就进入他家屋内，搬空了他所有的财物。有人骗他是鬼拿走的，他对此深信不疑，以为家中真的闹鬼了。后来，他的财物在小偷家被发现时，他还坚持认为是鬼偷了送给小偷的，不相信是小偷盗去的。

原书中这则寓言的后面还有一段书中人物郁离子的话，他举出秦代末年，奸臣赵高利用秦二世对将军蒙恬和丞相李斯的不信任，挑拨君臣关系，以谗言将二人害死的例子，论述了“谗不自来，因疑而来；间不自人，乘隙而入”的道理。这个故事本意是讲古代帝王容易被奸臣利用，猜疑忠臣，造成朝政混乱。它提醒人们，不要无端对人、对事产生怀疑，这个道理放在今天也同样适用。

按图索骥

伯乐①《相马经》②有“隆颡蛈日，蹄如累麴”③之语。其子执《马经》以求马，出见大蟾蜍，谓其父曰：“得一马，略与相同，但蹄不如累麴尔！”伯乐知其子之愚，但转怒为笑曰：“此马好跳，不堪御④也。”所谓按图索骥也。

【注释】

①伯乐：孙阳，春秋时有名的相马师，人们以神话中掌管天马的神仙“伯乐”来称呼他。

②《相马经》：又名《伯乐相马经》，是一部关于相马的著作，传为伯乐所著。

③隆颡蛈日，蹄如累麴：额头高，眼睛亮，马蹄如同摞起来的酒曲块。

④不堪御：不能骑。

《伯乐相马》吴友如（清）

【解读】

这则寓言故事出自明代文学家杨慎的《艺林伐山》。杨慎（1488—1559），字用修，号升庵，自称博南山人、金马碧鸡老兵，四川新都（今成都市新都区）人，“明代三大才子”之首。“艺林”旧指文艺界或收藏汇集典籍图书的地方；“伐山”即伐山语，指骈体文中引用的生僻典故。杨慎博引旧籍汇成《艺林伐山》一书，即取义于此。

故事讲的是春秋时期的秦国，有个人名叫孙阳，非常擅长相马，一眼就能看出马匹的好坏，被人称为“伯乐”。伯乐写了一本马学的专著《相马经》，书里写千里马的特点是“额头高，眼睛亮，蹄子大而端正，就像摞起来的酒曲块”。某天，伯乐的儿子拿着《相马经》去寻求好马，一出门就看到一只癞蛤蟆，就赶紧跑去对父亲说：“我找到了一匹千里马，各方面条件都符合，就是蹄子有点不够大。”伯乐知道儿子很蠢，因而转怒为笑说：“这匹马太爱跳了，不能骑啊！”

《相马经》是伯乐相马经验的总结，对于学习相马的人来说应该是非常有参考意义的。但是伯乐的儿子连马和蛤蟆都分不清，就一味按照“脖子长、眼睛大”的标准去相马，结果离题万里，闹出了大笑话。这篇寓言意在讽刺那种做事迷信书本和理论、墨守成规、生搬硬套的愚蠢行为。吸取前人的经验固然重要，但是别人的经验并不适用于每一个人，只有经过实践，才能将宝贵的经验与自己的认识相结合，发挥出积极的作用。

成语“按图索骥”就是由这则寓言故事引申而来，本意为按照图上画的样子去寻找好马，比喻按照线索寻找，现多用来比喻办事机械、死板。

为虎作伥

鸲鹆①之鸟出于南方，南人罗②而调其舌，久之，能效人言。但能效数声而止，终日所唱，惟数声也。蝉鸣于庭，鸟闻而笑之。蝉谓之曰："子能人言，甚善。然子所言者，未尝言也，曷若我自鸣其意哉！"鸟俯首而惭，终身不复效人言。

【注释】

①鸲鹆（qú yù）：鸟名，俗称"八哥"，经过训练能够模仿人说话。
②罗：捕鸟用的网。这里指用网捕捉。

【解读】

这篇寓言出自明代庄元臣的《叔苴子》。庄元臣（1560—1609），字忠甫，号方壶子，归安（今浙江湖州）人。《叔苴子》共八卷，分为内编和外编。"叔苴"二字出自《诗经·豳风·七月》的“九月叔苴”，意为秋天九月，农民拾取麻子以待来年播种，作者取此书名的寓意就是“非取用于今而取用于后也”。书中喜用比喻来说理，有一些精彩的寓言。

《鸲鹆图》赵佶（宋）

此则寓言故事说，有一种鸟叫鸲鹆，生在南方。南方人经常用网捕捉它，教它说话，久而久之，鸲鹆就能模仿人说话的声音。不过它只能模仿几句，整天所说就是那几句话而已。有一只蝉在院子里的树上鸣叫，鸲鹆听了讥笑它。蝉对鸲鹆说：“你能学人说话，固然很好；但是你所说的没有一句是自己真正想说的话，哪比得上我，鸣叫出来的都是出于自己的心意！”鸲鹆惭愧地低下头，从此再也不模仿人说话了。

作者所处的明代初年，明太祖朱元璋就以八股文作为科举取士的法定文体，内容上以四书五经为命题来源，而且只能依照朱熹的注解来写。这种制度对当时的文风产生了不良影响，剽窃之风非常盛行。故事中的鸲鹆虽然能说人话，巧舌如簧，但只是拾人牙慧，就像那些惯于剽窃、模仿他人而不知羞惭的文人。

奈何姓万

汝有田舍翁，家资殷盛，而累世不识“之”“乎”。一岁，聘楚士训其子。楚士始训之搦管①临朱②。书一画，训曰：“一字。”书二画，训曰：“二字。”书三画，训曰：“三字。”其子辄欣欣然掷笔，归告其父曰：“儿得矣，儿得矣！可无烦先生，重费馆谷③也，请谢去。”其父喜从之，具币谢遣楚士。

逾时，其父拟征召姻友万氏姓者饮，令子晨起治状④，久之不成。父趣之⑤。其子恚⑥曰：“天下姓字夥⑦矣，奈何姓万？自晨起至今才完五百画也。”

【注释】

①搦管：握笔。

②临朱：描红，古代初学写字的常用方法，教师先写好红色楷字，儿童再用墨笔填写。

奈何姓万

③馆谷：付给塾师的酬金。古代多用谷物作薪水，所以叫馆谷。
④状：请帖。
⑤趣之：催促他。
⑥恚（huì）：抱怨，恼怒。
⑦夥：同“伙”，多。

【解读】

这则寓言故事出自明代刘元卿的《贤奕编·应谐录》。刘元卿（1544—1609），字调甫，号旋宇，一号泸潇，明代理学家、文学家、教育家。《贤奕编》是一本笔记故事集，分十六大类，共收录、编写了三百三十则历史小说、故事，其中有不少优秀的寓言。

这则故事讲的是，汝州乡间有个人家中很富裕，但几代人都目不识丁。有一年，这个富翁请来一位楚地的读书人教自己的儿子识字。老师开始教他儿子握笔和描红，写一画，教他：“这是一字。”写两画，教他：“这是二字。”写三画，教他：“这是三字。”富翁的儿子学到这里，马上高兴地丢掉笔回去对父亲说：“我已经全学会了，您可以不必再请老师、多花学费了！”他的父亲很高兴，就给了老师一笔钱，把他辞退了。

过了些天，富翁打算邀请一位姓万的亲戚来喝酒，叫他儿子早上写一份请帖。但他等了好久，请帖也不见写成，就去催儿子，儿子抱怨说：“世上的姓氏那么多，为什么偏偏要姓‘万’呢？我从清早写到现在，才写完了五百画！”

这篇寓言讽刺了那些一知半解就沾沾自喜的人。我们都知道，学习任何知识和技能，在起始阶段打好基础都是非常重要的。如果都像故事里的儿子一样，刚刚学到一点东西，有了一点心得，就志得意满起来，只会闹笑话。

自护其短

北人生而不识菱者，仕于南方。席上啖菱，并壳入口。或曰：“啖菱须去壳。”其人自护其短，曰：“我非不知，并壳者，欲以清热也。”问者曰：“北土亦有此物否？”答曰：“前山后山，何地不有？”夫菱生于水而曰土产，此坐强不知以为知也。

【解读】

这则寓言故事出自明代江盈科的《雪涛小说》。江盈科（1553—1605），字进之，号绿萝山人，湖南省桃源人，明代官员、文人。《雪涛小说》收录了十四则叙议小品，大多为江盈科出任长洲（今属江苏苏州）县令期间的见闻杂感。

这则寓言故事讲，有个北方人从出生就不认识菱角。他成年后来到南方做官，一次在酒席上吃菱角，连壳一起放进了嘴里。旁

菱角

菱角又名“腰菱”“菱实”，性甘凉、皮脆肉美，含有丰富的蛋白质和维生素等。幼嫩时可当水果生食，老熟果蒸煮后剥壳食用，或加工制成菱粉。

边有人说：“菱角必须去掉壳才能吃。”那人为了掩饰自己的无知，就说：“我不是不知道去壳，连壳吃菱角是为了清热解毒。”问的人又说：“你们北方也有这种东西吗？”他回答说：“山前山后，到处都有啊！”菱角本是长在水中，他却说生在土里，这就是不懂装懂。

这则寓言里的“北人”是个很有代表性的角色，直至今日，我们身边也不乏这种为了满足虚荣心而不懂装懂的人。一个人再怎么博学多闻，所掌握的知识也是有限的，总会有自己不熟悉的领域。只有承认自己的不足，虚心学习，才能不断增长智慧，得到真知。而为了自我掩饰而说谎，一旦被人戳穿，往往会比坦承无知更加令人鄙夷。

造酒忘米

一人问造酒之法于酒家，酒家曰：“一斗米、一两曲，加二斗水，相参和，酿七日，便成酒。”其人善忘，归而用水二斗，曲一两，相参和，七日而尝之，犹水也，乃往诮①酒家，谓不传与真法。酒家曰：“尔第不循我法也。”其人曰：“我循尔法，用二斗水，一两曲。”酒家曰：“可有米么？”其人俯首思曰：“是我忘记下米！”噫！并酒之本而忘之，欲求酒，及于不得酒，而反怒怨教之者之非也。世之学者，忘本逐末，而学不成，何异于是！

【注释】

①诮（qiào）：责备。

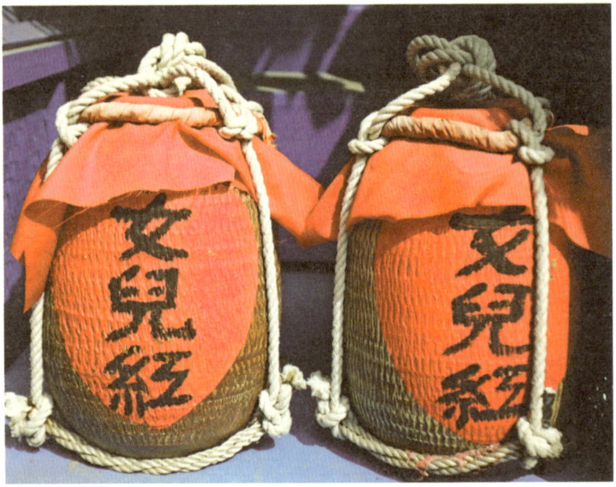

绍兴女儿红酒

【解读】

这则寓言故事出自明代江盈科的笑话集《雪涛谐史》。

有一个人向做酒的人家请教酿酒方法。酒家告诉他要将一斗米、一两酒曲，再加上二斗水掺和在一起，七天后就可酿制成酒。但是，这个人很健忘，没有放米。七天后他发现没有酿制成酒，就去责备酒家，认为对方不教给他真正的酿酒方法。酒家问他是否按照自己说的方法去做了，他才知道是因为自己没有放米。

这则寓言故事讽刺了那些做事本末倒置的人。米是酿酒的根本，酿酒不放米的行为就是忽视了事物的根本，分不清主次，舍本逐末。因此，在生活中，人们不应该急于求成，妄想一步登天，而应掌握事物的根本，才能有的放矢。寓言中的这个人自己忘记放米，反而还去抱怨酒家，埋怨教他的人的不是。这提醒人们做事要细心谨慎，当出现错误时，要学会自我反思、自我检讨，不要一味地埋怨别人。

治驼背

昔有医人，自媒能治背驼，曰：“如弓者、如虾者、如曲环者，延①吾治，可朝治而夕如矢。”一人信焉，而使治驼。乃索板二片，以一置地下，卧驼者其上，又以一压焉，而即躧①焉。驼者随直，亦复随死。其子欲鸣诸官。医人曰：“我业治驼，但管人直，那管人死？”呜呼！世之为令，但管钱粮收，不管百姓死，何以异于此医也哉！

【注释】

①延：引进，聘请。
②躧（xǐ）：踩，踏。

【解读】

这则寓言故事出自明代江盈科的《雪涛小说》。

从前有个医生，自我吹嘘能够治疗驼背，无论背弯得像弓、像虾、像铁环，都可以医治得像箭矢一样笔直。有一个人相信了他的话，让他为自己治驼背。这个医生就准备了两块门板，一块放在地上，让驼背的人趴在上面，另一块压在驼背的人背上，然后跳上去踩踏。驼背果然很快变直，但驼背人也马上就死了。那人的儿子要到官府告他，他却狡辩说自己只治驼背，不管人的死活。

治驼背

治驼背的故事在三国时邯郸淳的《笑林》中就出现过，原意是讽刺不负责任、不管后果的恶劣作风。作者借这个古老的故事，尖锐地斥责了当时官员只顾催收钱粮、不管百姓死活的做法，矛头直指最高统治者。江盈科曾任长洲县令，长洲当时“赋税之重，甲于天下”。他因同情百姓，常为催缴赋税不力而遭长官詈骂。他坚持认为，与其为治驼背而伤人性命，还不如任其驼背；同理，与其催逼赋税导致民不聊生，还不如赋税有缺而百姓得以生活下去。

傅显迂缓

傅显喜读书，颇知文义，亦稍知医药，性情迂缓，望之如偃蹇①老儒。一日，雅步行市上，逢人辄问："见魏三兄否？"或指所在，雅步以往。比相见，喘息良久。魏问相见何意。曰："适在苦水井前，遇见三嫂在树下作针黹，倦而假寐。小儿嬉戏井旁，相距三五尺耳，似乎可虑。男女有别，不愿呼三嫂使醒，故走觅兄。"魏大骇，奔往，则妇已俯井哭子矣。

【注释】

①偃蹇（jiǎn）：迂腐的样子。

【解读】

这则寓言故事出自清代纪昀的《阅微草堂笔记·姑妄听之》。

纪昀（1724—1805），字晓岚，又字春帆，晚号石云，河北献县人，清代文学家。他学问渊博，擅长考证训诂，任《四库全书》总纂官，并主持写定了《四库全书总目》两百卷。《阅微草堂笔记》写于清朝乾隆五十四年（1789）至嘉庆三年（1798）年间，主要辑录了狐鬼神仙、因果报应、劝善惩恶等乡野怪谈和奇情轶事，是一部笔记体文言短篇志怪小说。

故事讲道，有个叫傅显的人很爱读书，对文章义理颇有研究，医药方面的知识也略懂一些。但他性情迟钝缓慢，就像个迂腐的老学究。一天，他悠闲地来到集市上，遇到人就问："见到魏三兄没有？"有人告诉他到哪里去找，他就依然悠闲地往前去。他见到魏三时，喘了很长时间说不出话来。魏三问他有什么事，傅显说："刚才我在苦水井前看到嫂子在树下做针线活，做累了在打盹，你家小儿在井边玩耍，离井口只有三五尺远，看起来似乎有危险。可是男女有别，我又不便把嫂子喊醒，所以跑来找您。"魏三一听非常惊恐，赶紧奔向井边，等他到那里时，只看到妻子趴在井口上哭喊儿子了。

在这个寓言之后，作者议论道，一个人喜爱读书本是好事，但读书是为了明理，明理则是为了致用的。学了书本上的道理而不会灵活运用，反而糊涂因循，贻害无穷，这种儒者还有什么用？此外，这个寓言还揭露了"男女有别"之类封建礼教的危害。

狼子野心

有富室偶得二小狼，与家犬杂畜，亦与犬相安。稍长，亦颇驯，竟忘其为狼。一日，主人昼寝厅事，闻群犬呜呜作怒声，惊起周视无一人。再就枕，将寐，犬又如前。乃伪睡以俟，则二狼伺其未觉，将啮其喉，犬阻之，不使前也。乃杀之而取其革。此事从侄虞惇言："狼子野心，信不诬哉！"然野心不过遁逸耳。阳为亲昵，而阴怀不测①，更不止于野心矣。兽不足道，此人何取而自贻患耶？

【注释】

①不测：难以揣测的阴谋或企图。

【解读】

这则寓言故事出自《阅微草堂笔记·槐西杂志》。

狼子野心

有个富人偶然得到两只狼崽，将它们和自家的狗养在一起。最初，小狼和狗还能和平相处，稍长大些也还比较温顺，渐渐地富人竟然忘记了它们是狼。有一天，富人在客厅里睡着了，忽然听到群狗发出吼叫声。他惊醒一看，周围一个人也没有。他刚要继续睡觉，又听到像刚才一样的狗叫声。于是，他假装睡着，想看看到底怎么回事，这才发现原来那两只狼想等他睡着时咬他的喉咙，而他的狗在阻止狼靠近主人。富人立即把两只狼杀掉了，还把狼皮扒了下来。富人对侄子虞惇说："狼崽子本性凶恶，真是没有诬蔑它们啊！"凶恶的本性只是隐藏起来罢了，表面对别人好，心中却怀着危害别人的想法，这就不仅仅是野心了。

这则寓言故事讽刺了那些外表温顺，却心怀不轨、心地歹毒的人。狼是一种食肉动物，本性凶残，是不可能被驯化的。正所谓"江山易改，秉性难移"，大多数阴险狠毒的人，外部的环境并不会改变他们的本质，因此人们不要被表面现象所迷惑，要时刻提防，保持警惕，所谓"害人之心不可有，防人之心不可无"。对于事物而言，也应该看清其实质，不能根据表面的现象就草率地做出决定。

莽汉断棘

终南之山，有棘满径，骨柔而刺密。触之者恒胶结不可解，不受伤不已。人畏其刺，咸迂其途避之。一人义形于色，撩裳而入，欲节节而断之。孰知左断于指，而右曳于臂，下钩其裙，上牵其袖，惫已甚。君子曰：“斯人之疾恶是矣，疾之而不以其道。苟持斧，求其本而刈①之，何棘不去？”

【注释】

①刈（yì）：割。

【解读】

这则寓言故事出自明末清初王晫的《杂著十种·寓言》。王晫（生卒年不详），初名棐，字丹麓，号木庵，自号松溪子，浙江钱塘人。他工于诗文，著有《遂生集》《霞举堂集》《墙东草堂词》及杂著多种。

故事讲的是，终南山有一条布满荆棘的小路。这些荆棘枝干柔软，却密布着尖刺，不小心触碰到的人，会被荆棘缠绕在一起无法脱身，还会因此受伤。人们害怕这些荆棘上的尖刺，因此都绕道回避。有一个人露出义愤的神色，敞开衣服想要把它们一节节砍断。谁料到，他进去之后，刚砍断左侧的荆棘，右手臂、衣袖、裤脚就纷纷被钩住，弄得十分疲惫。君子说道：“这个人如此疾恶如仇，痛恨荆棘，但使用的方法却不得当。只要手拿着斧头，抓住荆棘的根部砍断它，无论什么样的荆棘都可以去除了！”

莽汉断棘

这则寓言故事讽刺了那些只会用蛮力，却不懂得思考的人。寓言中义愤填膺的那个人，空有一番热情，却鲁莽行事，没有解决问题，反而使事情变得更糟。这提醒人们在解决问题时，首先要找到问题的根源，然后选择正确的方法，难题才能够迎刃而解。